H.H. RICHARDSON

ÇOCUKLUĞUN SONU

CUFFY MAHONY'NİN YAŞAMINDAN DÖRT YENİ BÖLÜM

can

Can Modern
Kısa Modern / 10

Çocukluğun Sonu, H.H. Richardson
The End of a Childhood

Bu öykü ilk olarak Heinemann tarafından 1934 yılında yayımlanmıştır.
Bu kitapta kaynak alınan baskı: Angus & Robertson, 1979.

1. basım: Ocak 2020, İstanbul
Bu kitabın 1. baskısı 3 000 adet yapılmıştır.

İngilizce aslından çeviren: Seçkin Selvi
Dizi editörü: Emrah Serdan
Düzelti: Melis Oflas, Aylin Samancı Elmasdağ
Mizanpaj: Bahar Kuru Yerek

Kapak tasarımı: Utku Lomlu / Lom Creative (www.lom.com.tr)

İç baskı ve cilt:
Yıldız Matbaa Mücellit
Maltepe Mah. Gümüşsuyu Cad. Dalgıç İş Merkezi No: 3 Kat: 2
Topkapı-Zeytinburnu
Sertifika No: 46025

ISBN 978-975-07-4196-8

CAN SANAT YAYINLARI
YAPIM VE DAĞITIM TİCARET VE SANAYİ A.Ş.
Hayriye Caddesi No: 2, 34430 Galatasaray, İstanbul
Telefon: (0212) 252 56 75 / 252 59 88 / 252 59 89 Faks: (0212) 252 72 33
canyayinlari.com
yayinevi@canyayinlari.com
Sertifika No: 43514

H.H. RICHARDSON

ÇOCUKLUĞUN SONU

CUFFY MAHONY'NİN YAŞAMINDAN DÖRT YENİ BÖLÜM

Uzun öykü

İngilizce aslından çeviren: Seçkin Selvi

can

HENRY HANDEL RICHARDSON, Avustralya asıllı romancı Ethel Florence Lindesay Richardson'ın yazılarında kullandığı takma addır. 1870-1946 yılları arasında yaşayan yazar, çoğunlukla kendi yaşam deneyiminden, tanık olduğu olaylardan esinlenerek bir dizi roman yazdı. Ethel Richardson, 1850'lerde Avustralya'ya yerleşen İrlandalı bir doktorun kızıydı. Presbiteryen kız kolejinde öğrenim gören Ethel, babasının ölümü üzerine bir süre özel ders verdikten sonra annesiyle birlikte Avrupa'ya gitti, Leipzig'de müzik dersleri aldı ve İskoçyalı John G. Robertson'la evlendi. Yazı yaşamına Danimarkalı yazar Jens Jacobsen'in *Niels Lyhne* romanını *Siren Sesleri* adıyla çevirerek başladı. Almanya'da müzik öğrenimi gören Avustralyalı bir genç kızın öyküsünü aktardığı *Maurice Guest* (1908) adlı ilk romanı, büyük ölçüde otobiyografik özellikler taşıyordu. İkinci romanında okul yaşamını konu edinen yazara ün kazandıran yapıtları altın arayıcılarını anlattığı *Australia Felix* (1917), *The Way Home* (Eve Dönüş Yolu, 1925) ve *Ultima Thule* (En ücra yer anlamındaki terim, roman kahramanının evine verdiği addı, 1929) romanlarından oluşan *Richard Mahony* üçlemesiydi. Üçlemenin kahramanı Mahony karakteri, yazarın babasından ve onun yaşamından esinlenerek oluşturulmuştu. Belirtildiğine göre yazar, ailesinin verdiği adı sevmediği için Henry Handel Richardson takma adını kullandı, ama bu seçiminde hiç kuşkusuz yaşadığı dönemde kadın imzasıyla yazmanın taşıdığı risklerin yanı sıra, toplumdan uzak yaşamayı istemesinin ve okul dönemindeki açığa çıkmamış lezbiyen eğiliminin de rolü vardı. Richardson son romanı *The Young Cosima*'da (Genç Cosima, 1939) Franz Liszt'in gayrimeşru kızı Cosima'nın yaşamını, önce Hans Von Bulow ve sonra Richard Wagner'le evliliklerini kurguladı. Otobiyografisini tamamlayamadan öldüyse de, yazdığı bölümler 1948 yılında *Myself When Young* (Ben Gençken) adıyla yayımlandı. Richardson'ın *Çocukluğun Sonu* dışında *Growing Pains-Sketches of Girlhood* (Büyüme Sancıları-Genç Kızlık Taslakları), *Two Tales of Old Strasbourg* (Eski Strasbourg'dan İki Hikâye), *Mary Christina, The Coat* (Palto), *Sister Ann* (Rahibe Ann) adlı öykü kitapları var.

SEÇKİN SELVİ, Üsküdar Amerikan Koleji'ni bitirdi. Öğrenimini Dil-Tarih ve Coğrafya Fakültesi'nde sürdürdü. *Tiyatro 70* ve *Edebiyat 81* dergilerini çıkardı. *Günaydın* ve *Sabah* gazetelerinde köşe yazarlığı yaptı. *Milliyet Sanat* dergisinde tiyatro eleştirileri yazıyor. MGS Merkezi ve Yeditepe Üniversitesi'nde eleştiri dersi verdi. Asaf Çiyiltepe Ödülü, Aydın Üstüntaş ve Çevirmenler Derneği Onur Ödülü alan Selvi, 1957' den başlayarak tiyatro, felsefe, edebiyat dallarında 168 yapıt çevirdi.

I

Kocasının ölümünden neredeyse günü gününe on iki ay sonra Mary Mahony aklını karıştıran bir mektup aldı.

Mektubu, postanedeki gelen mektupların ayrıldığı bankoda eline tutuşturdular. Elyazısını tanıyan Mary gözlüğünü taktı ve hiç duraksamadan zarfı açtı. Ama birkaç satır okuyunca yanakları al al oldu, yanında çalışan iki kişiye -biri tembelce yayılıp burnunu karıştırarak sinsi bakışlarını etrafta gezdiren telgraf memuruydu- gözucuyla baktıktan sonra mektubu alelacele katlayıp cebine soktu.

Mektup akşama kadar cebinde durdu, Mary de sıcak ya da ağır bir şeymiş gibi gün boyu onun varlığını hissetti. Akşam olup ofis kapanıncaya ve çocuklar uyuyuncaya kadar da zarfı cebinden çıkarmadı. Ufak salonunda yalnız kaldığında gaz lambasını yanına çekip mektubun içindekilerle yüzleşmeye hazırlandı.

Mektup eski dostu Henry Ocock'tan gelmişti ve şöyle diyordu:

Wendouree House, Ballarat

Sevgili Mrs. Mahony,

Uzun süredir sizi aramayışımdan, sağlık ve esenliğinizle ilgilenmediğim anlamını çıkarmayacağınıza inanıyorum. Tam tersine, sizi düşünmediğim bir an bile olmadı diyebilirim. Ama kutsal saydığım bir kedere, geçerli bir neden olmadan müdahale etmeye çekindim. Ancak, acının ilacı denilen Zaman'ın, onulmaz kaybınızın başlangıçtaki yoğun acısını artık hafifletmiş olacağını varsayarak benim için hayati önem taşıyan bir konuda kalemi elime almaya cesaret ediyorum.

Söyleyeceklerim, hiç kuşkusuz sizi şaşırtacaktır. Ama açıklamak üzere olduğum dilek, o pervasız umut inanın ki yeni bir şey değil – o umudu size söylemeye cesaret edemeyeceğim kadar uzun zamandır besliyorum. Sevgili dost, hiç kuşkusuz gerçek değerinize asla erişemese de size ne kadar hayranlık ve saygı beslediğimi öteden beri bildiğinizi düşünmeden edemiyorum. Müteselsilen gelen ve güçsüz birini çökertecek olan darbelere göğüs germekteki kahramanlığınızı azımsamak olanaksız. Benim değer kıstasıma göre sizinle kıyaslanabilecek çok az kadın vardır, ben de şimdi bana eşim olma onurunu bahşetmenizi isteyerek bu ihtiram ve hürmetimi somut olarak ifade ediyorum.

Bu bağlamda aşk ve arzu gibi sözcükleri kullanmaktan kaçınıyorum, sizin de bunu anlayışla karşılayacağınızı düşünüyorum. İkimiz de hayatımızın baharında değiliz ve ikimiz de Hayatın Sınavlarından payımıza düşeni yaşadık. Ama sizin kusursuz zihinsel ve duygusal niteliklerinize verdiğim değer yıllar geçtikçe arttı; şayet bu duygularımı yeterli bulur ve kaderinizi endişe etmeden ellerime bırakırsanız, bundan asla pişman olmayacağınıza sizi temin ederim. Üstelik, düşünmemiz gereken kendimizden başkaları da var. Çocuklarım bir annenin şefkatine, sizinkiler de bir babanın yol gösteren eline muhtaç.

Cevap vermekte acele etmemenizi rica ediyorum. Teklifimi düşünün, istediğiniz kadar uzun süre düşünün.

O zamana kadar inanın, içtenlikle ve yürekten bağlılıkla sizinim.

Henry Ocock

Mary bir an mektubu elinden bırakmadan boş boş bakarak oturmaya devam etti. Sonra bıraktı, hatta hafifçe öteye itti. Yazılanları okurken giderek huzursuzlaşmıştı. Ta ki çocuklarla ilgili bölüme gelinceye kadar. O noktada kanı dondu sanki. Ne? KENDİ çocukları - Richard'ın çocukları Henry Ocock'un yol göstermesine muhtaç olacaktı ha? "Ahdım olsun ki!"

Ama hayır, olaya o gözle bakamazdı... bakmamalıydı.

Gözlüğünü -ucuz, çirkin, tel çerçeveli gözlüğünü- çıkarıp dimdik oturdu, ağzını ve çenesini avucuna dayadı: çocukların botlarının pençe onarım faturaları, Merkez Büro'nun şikâyetleri, sütunlar dolusu hesaba gelmeyen rakamlar gibi tatsız şeylerle baş etmek zorunda olduğunda hep öyle yapardı.

Evet, tatsız en doğru sözcüktü: İlk tepkisi keyfinin kaçması oldu. Yeniden evlenme fikri hiç aklına düşmemişti. Öyle bir kadın değildi. Şimdi Henry Ocock çıkmış... Sir Henry Ocock... Saniyenin binde biri kadar bir an adamın unvanını düşündü. Ama bir an sonra Richard'ın sesi geldi kulağına: "Adama küstahlığının haddini bildir!" O sesin çok iyi bildiği İrlanda vurgusunu duyunca gülümsemeden edemedi. Ah, Richard'ın ne kadar öfkeleneceğini tahmin edebiliyordu. KENDİ karısı... Henry Ocock'la ha!

Mary, o adama bu kadar şiddetli antipati duymaktan yana olmamıştı hiç. Hatta herkesin içinde BİRAZ iyi bir yan olduğunu düşünmeyi yeğleyerek Mr. Henry'yi savunmuştu bile. Eğer Richard şimdi geri gelecek ve Ocock'un nasıl has bir dost olduğunu görecek olsa, karısına hak vermek zorunda kalırdı. Ama Mr. Henry'nin -Sir Henry'nin- ta başından beri niyeti BUYSA, o başkaydı tabii... Ama al işte! İnsanların niyetini irdelemenin, merak etmenin ne gereği vardı? (Bunu söyleyen de Mary değil, Richard'dı.) Kendisi gerçeklere odaklanmalıydı. Eğer Ocock imdada yetişmeseydi, kendisi de çocukları da bugün ne durumda olurdu? Ne olacak, ya batakta... ya evsizler yurdunda. Ama kesinlikle onunla birlikte değil, öyle bir beraberlik Mary'ye her şeyden çok daha büyük bir darbe olurdu. Yine de altı ay önce o berbat Gyrngurra'dan maaşına kırk pound zamla bu daha uygar yere nakil, tuğladan yapılmış doğru dürüst bir ev ve çocukların rahatça oynayabileceği bir bahçe: Bütün bunları Mr. Henry'nin nüfuzuna borçluydu. (Mary'nin onu ilk gördüğü günden beri bildiği üzere herkes gibi duyguları olan Mr. Henry... tabii ki onların bu durumuna gözyaşı dökmüştü.)

Hayır, gerçeği kabullenmek gerekiyordu: Richard gitmişti, kendisi de sonsuza kadar Richard'ın düşüncelerine, beğenilerine ve hoşlanmadıklarına kapılıp önyargılara saplanamazdı. Zaman değişmiş, zamanla birlikte kendisi de değişmişti. Bu gerçeğin ışığında bakıldığında, Ocock'un mektubu ondan başka kimseyi ilgilendirmezdi. Çünkü adamı bu noktaya getiren nedenleri başka kim bilebilirdi? (Kesinlikle Richard değil.) Böylece, Mary ağzını sımsıkı kapattı, pekâlâ "hoşlanmak" ve "saygı duymak" diyebilecekken "değer kıstasları", "ihtiram" ve "müteselsilen" (Mary bu sözü daha önce ne görmüş ne de duymuştu) demesine, katı ve tepeden bakan havasına rağmen, evet her şeye rağmen, -biraz azimle olsa da- mektubun iyi niyetli, yüce gönüllü olduğunu itiraf ederek düşünmeye başladı. Adamın -"burnu havada" demeyecekti- ama paraya, çevre bağlantılarına, toplumsal itibara verdiği büyük değer göz önüne alınca, dahası sıfırdan başladığını ve ağacın tepesine (NE engelleri aşarak) tırmandığını hatırlayınca, onun kibrini cebine sokup taşralı, yoksul bir postane müdiresinin önünde eğilmeye tenezzül etmesinin yüce gönüllülükten de öte olduğunu düşündü. (Hem de hiç büyüklük taslamadan lafı uzatışı, sadede gelmekte zorlanışı Mary'ye hayli dokunaklı geldi.) Yine de "tenezzül etmek" terimi pek doğru sayılmazdı. Çünkü Mary'nin KİM olduğunu ya da bir zamanlar KİM olduğunu herkes bilirdi. Richard'ın adı hâlâ saygınlığını sürdürüyordu. Ve eğer bu olay birkaç yıl önce olsa, o zaman tenezzül eden Ocock değil, Mary olurdu.

Şimdiki durum böyle olsa bile, yine de bütün artılar Ocock'un hanesine yazılmazdı. Büyük bir işletmeyi yönetmekte, aşırılıklara kaçmadan onu mükemmelleştirmekte kimse Mary kadar deneyimli olamazdı -"Ultima Thule"daki yaşam kalitesini görse Ocock'un gözleri yuvalarından uğrardı. Gerekirse Ocock'u da yönetebilirdi; Richard'dan sonra hiçbir erkek zor gelmezdi. Ömründe bir kez olsun yanında kendisine destek olacak, sorunları paylaşacak birinin olması Mr. Henry'ye de çok iyi gelirdi. En yakın akrabaları -sorun yaratan yaşlı babası, çapkın erkek kardeşleri, onulmaz hastalığıyla zavallı Agnes'çik- hepsi de farklı yönlerden Mr. Henry'yi aşağı çeken birer ağırlıktı. Arkasında onu destekleyecek başka bir ailesi olsa, Mr. Henry zamanla başbakan olabilirdi. - Mary, Agnes'in artık ergenlik çağına geldikleri için bir üvey anneye şiddetle karşı çıkabilecek yaştaki çocuklarıyla bile iyi geçinmeyi garanti edebilirdi.

Hepsi bu kadar olsaydı pekâlâ olurdu! Bu sorunların hepsini çözmekte yararlı... hatta vazgeçilmez olabilirdi. (Aslında neler YAPABİLECEĞİNİ gösterme fikri, içten içe çekici, kışkırtıcı geliyordu.) Ne var ki, hepsi o kadar değildi ve yeterli de değildi. Adam, evi çekip çevirecek bir kâhya ya da bir iş arkadaşı değil, bir zevce istiyordu. İşte o noktada Mary'nin cesareti de kırılıyordu. Temelde hayatında tek erkek olacağı fikrini kesinlikle benimsediği ve Richard'da aradığı her şeyi bulduğu için de eğilimleri asla sapmamış, gönlü asla başkasına kaymamıştı. Tabii, Richard onu ÇOK gençken, ÇOK toyken avlamıştı. Belki biraz daha büyük olsa, biraz daha yaşam deneyimi olsa... zekâsı daha PRATİK olsa... Çünkü aslında, doğanın gereği olarak... evet... yani... tamamlamaktan kaçınacağı tam biçimlenmemiş imgeler aklından peş peşe geçerken, Mary kendi kendine, "Ne demek istediğimi anlıyorsun işte," dedi. Ve şimdi -BU YAŞINDA- bir yabancıyla al baştan başlama fikri; özgürlüğünden bir kez daha vazgeçme fikri; (değerini bilmeyi öğrendiği) mahremiyetinin çiğnenmesi, yatak odası samimiyeti – yok hayır! Bu bir an bile düşünülemez, buna bir an bile niyetlenilemezdi: Bu iş olmazdı, işte o kadar.

Başka bir şey daha vardı. Evlenecek olursa, hâlâ çocuk sahibi olabilirdi – O ADAMIN çocukları. Bu kesinlikle işin can alıcı noktası, hayati önemde bir sınavdı. Çünkü sevilmeyen bir erkeğin kucaklayıp okşamalarına tahammül edilebilirdi; bu sadece kendinizi ilgilendirirdi. Ama sevdiği çocuklarda –dokuz ay karnınızda taşıdığınız minik şeyleri sevmemek söz konusu olamazdı– babanın çirkin suratını ve çirkin karakterini görmek zorundaki anne ne hissetmeliydi? Birbirine çok yakın gözler ya da velfecri okuyan gözler ya da incecik, zalim dudaklar. Tilki kurnazlığı... vicdansızlık – ikiyüzlülük. Mary, bundan daha korkunç bir şey hayal edemiyordu.

Ama işte o noktada, dilini sabırsızlıkla şaklatarak duruverdi. Çünkü sıralanan bütün bu çirkinlikler, yanlışlar, olumsuzluklar Ocock'a, Richard'ın biçtiği değer değil miydi? Richard sonsuza kadar onun yakasını bırakmayacaktı; üstelik sağlığında olduğundan daha da çok ağırlığı vardı, çünkü sağlığında Mary en azından ona itiraz edebiliyor, kendi fikrini savunabiliyordu. Neyse ki şükredeceği bir şey vardı: RICHARD'ın çocuklarında ortaya çıkmasından korkacağı bir özellik yoktu. Onlarda ne yüz çirkinliği vardı ne de huy çirkinliği! Şimdi oturmuş çocuklarını ve onların kendisi için taşıdığı anlamı düşünürken, bütün bu itirazların, doluya koyup aldıramadığı boşa koyup dolduramadığı görüşlerin, KENDİSİNİN neye katlanıp neye katlanamayacağı hakkındaki bütün bu boş lafların, aptalca havanda su dövmekten başka bir şey olmadığını gördü. Çocukları etkileyecek konularda, kendisi önemsizdi. Burada sorulacak tek soru, bu durum çocukların yararına olacak mıydı? Yeniden evlenirse, çocuklar bundan kazançlı çıkar mıydı?

Birden çocuklarının yakınında olmak, onları gözüyle görmek istedi. Ayağa kalktı, mutfaktan bir mum alıp yatak odasına gitti. Ama tuvalet masasının önünden geçerken aynada kendi gölgeli yansımasını gördü ve içinden gelen dürtüye uyarak aynaya yaklaştı, mumu başının üzerine kaldırdı.

Orada öyle durup kendine baktı: Bir anneye ya da ekmek parasını kazanan birine bakar gibi değil, bir kadına – üstelik hâlâ birinin evlenmeye değer gördüğü bir kadına bakar gibi baktı. Bütün dünyanın gözünde kırkını geçmiş, orta yaşlı bir kadındı, çünkü görünüşüyle ilgilenmeye ayıracak bir saniyesi bile yoktu. Yıllara en iyi dayanan saçları olmuştu: Hâlâ parlak ve hayli sıktı, ortadaki beyaz ayrık da büyüyüp yayılmamıştı. Ama şakakları iyiden iyiye kırlaşmıştı; alnı derin çizgilerle yol yol olmuş, örümcek ağı gibi incecik çizgiler gözkapaklarından göz kenarına ulaşıp oradan da yelpaze gibi açılmışlardı. Gözlüğün tel çerçevesi de burun köprüsünde kalıcı bir kırmızı iz bırakmıştı. Bir zamanlar yüzünün en çarpıcı noktası olan iri, kara gözleri, o biçimsiz gözlükten kurtulursa hâlâ geçer not alabilirdi; ama hepsi o kadardı işte. Yüzün alt bölümünden ne kadar az söz etsek o kadar iyiydi: Burnu daracıktı, dudakları incecikti ve tazeliğini yitirmişti; bir zamanlar gergin olan yanaklarında ve çenesinde kırışıklar, buruşuklar oluşmuştu.

Ama yine de... yine de... içinde hâlâ öylesine yoğun bir enerji vardı ki, uykusunun gece telgraflarının tıktıklarıyla bölünüp onu sürekli irkiltmeyeceği bir mucize olsa, dinlenip kendini biraz olsun toparlama fırsatını bulsa, sabaha bambaşka bir kadın olarak uyanacağına inanıyordu. O zaman telgrafın minik noktaları ve çizgileri ya da faturaların baş döndüren rakamlarla dolu satırları yüzünden artık ne kaşları çatılacak, ne dudaklarını ısıracak ne de gözlerini zorlayacaktı. Artık çocukların bir eksiği olmasın diye kendi ihtiyaçlarını göz ardı etmeyecek, yıllık kazancı yüz yirmi pound'dan iki misli verim alabilmek için meteliğin hesabını yapıp dişinden tırnağından artırmaya çabalamayacaktı. Artık günde on iki saat ayakta -o ateş gibi yanan, zonklayan, yorgun ayaklarının üzerinde- dikilmeyecek, elleri zorlu işler yüzünden kızarıp sertleşmeyecekti. Artık astlarının karşısında, işlerini ondan çok daha iyi bilen ve onun otoritesini sinsice küçümseyen telgraf memuruyla o otoriteyi açıkça hor gören postacının karşısında sinmeyecekti – o sınıftan genç erkeklerle hiç mi hiç işi olmayacaktı. Ah, onlardan kurtulmanın, yeniden özel yaşamına çekilmenin ne demek olduğunu düşünmeyi bile göze alamıyordu. Birden korkuya kapılıp aynanın karşısından çekildi.

Duvara yaslanan örme battaniyeli çift kişilik karyolada, yatak arkadaşı küçük Lucie, çocukluğun kendinden geçmiş derin uykusunu uyuyordu. Mary, yüzükoyun yatan çocuğun üzerinden eğilerek onu yan döndürdü, sonra kızın başı serinlesin diye sık bukleler yığınını ensesinden kaldırıp yastığa yaydı. Çok sıcak bir geceydi, büyük yatağın yanındaki girintide, seyyar karyolasında yatan Cuffy kan ter içinde kalmıştı. Annesinin ilk işi, konsoldan temiz bir gece gömleği çıkarmak, oğlanı oturtup ıslak gömleği çıkardıktan sonra kurusunu başından geçirmek oldu; oğlan bir an hiçbir şey görmeden gözlerini araladı, annesinin düğmeleri iliklemesine fırsat vermeden gırtlağından hırıltılı bir ses çıkararak yeniden uykuya daldı. Mary bunu yaparken, kendisinin, dadısının -hatta Richard'ın bile- çocuğun üstünü değiştirdiği sayısız geceler gözünün önüne geldi. Bu âdet Cuffy'nin bebekliğinden beri sürüyordu.

Bu sadece önemsiz bir işti, ama ardından sayısız düşünce çorap söküğü gibi geldi; Mary dirseklerini dizlerine, çenesini ellerine dayayarak çocuğun yanına oturdu, sayısız olayı anımsayarak, aklına getirerek dünya kuruldu kurulalı bütün annelerin kendilerine sorduğu soruyu sordu: Ben olmasam, çocuklarıma bunları kim yapardı? – Ama hayır, böyle deyince kulağa sanki ölmüş gibi geliyordu. Oysa, üzerimde söz sahibi olan birine ait olursam çocuklarımın işini görmem ya da itiraz hakkım engellenirse demek istiyordu. Tanıyıp bildiği kadarıyla, o biri, çocukları ve kendisinin onlara beslediği sevgiyi kıskanabilirdi. Hatta onları sevmeyebilirdi de. Doğrusu ya, kendisinin ve Richard'ın huyları o kadar farklıydı ki, onu beğenen birinden Richard'ın çocuklarını sevmesini nasıl BEKLEYEBİLİRDİ? Muhtemelen o adam da çocuklarını sevmeyecekti, çocuklar geri plana itilecek, ezilecek, adamın kemanını izleyen ikinci kemanlar misali üvey çocuklar olacaklardı.

Ama işte bu noktada Mary zihninin yeni bir hamlesiyle uykusuz gecelerinin umacısıyla karşı karşıya kaldı – Cuffy'nin eğitimi meselesi. Çocuk şimdilik her sabah birkaç saat papaz Mr. Burroughs'dan ders alıyordu; bu da yeterliydi, Richard onu fazla zorlamaktan yana değildi. Ama bundan sonra? – Diyelim ki birkaç yıl sonra? İlk çocukları için duydukları onca hevesi, yaptıkları onca planı... o hevesin, o planların nasıl darmadağın olduğunu düşününce. Yine de, Mary'nin içinde Cuffy'nin devlet okulu ve üniversite eğitiminden yoksun kalacağına inanmasını reddeden inatçı, mantık dışı bir dürtü vardı. Düşünceleri bu noktaya geldiğinde hep yaptığı gibi kendi kendine, "Ne yapalım!.. Beterin beteri olacaksa olur!" dedi, seslendirmediği sözcükleri vurgularcasına kıpırdadı dudakları. Şunu demek istiyordu: Bugüne kadar kendim için kimseden tek kuruş istemedim, tek kuruş borçlanmadım, ama... söz konusu çocuklarımsa... Yardım isteyeceği kişiler arasında kendisini en az incitecek olanları bir kez daha aklından geçirdi. Onlara her zaman armağanlar veren yaşlı Lady Devine; artık kendisi de çocuksuz kalmış olan Tilly ve – evet, sadece bir dost olmakla yetindiği sürece Henry Ocock da listedeydi. Oysa şimdi Ocock kendini saf dışı bırakmıştı. Ama Mary onunla evlenecek olsa bile, Henry'nin kendisinin olmayan bir çocuk için beslenen istek ve hevesi paylaşmasını bekleyebilir miydi? Hatta onları anlamasını? Ocock cebindeki akrebi çıkarmaya hiç de istekli değildi. Olsa olsa Cuffy'yi kendi yanında iş hayatına katar ya da onu tam yetişmeden, tam eğitilmeden bir bankaya yerleştirirdi.

Üstelik adamın anlayamayacağı, anlamak istemeyeceği başka şeyler de vardı.

Çocuklar son altı ay içinde serpilmişlerdi, Cuffy bile sonunda gelişmeye, büyümeye başlamıştı. Bunun bir nedeni yeniden oyun oynayabilecekleri bir bahçe olmasıydı; küçüklüklerinden beri bahçeli eve alışkındılar. Ama lafı dolandırmaya gerek yok, asıl neden yaşamlarındaki çirkin bir gölgenin ortadan kalkmasıydı. Çocuklar, annelerinin tahammül ettiği şeylere dayanacak yapıda değillerdi. Mary de ilk andaki acısı hafifleyince, Richard'ın gitmiş olmasına çocuklar adına sevinmeden edemiyordu. Richard'ın ölümünden sonra çocukların nasıl serpildiğini gördükçe, kocasını tımarhaneden çıkarmakla doğru yapıp yapmadığını düşünüyordu bazen. Ama yine de... yine de...

Çocukların o koşullardan hiç etkilenmeden kurtulmadıklarını çok geç fark etmişti. Çünkü kendisi, çocukların güzel yüzlü, iyi huylu olmaları açısından babalarına benzemeleriyle ne kadar övünse de, gerçek tam tamına öyle değildi. Pek özenilmeyecek bazı özellikleriyle de babalarına çekmişlerdi: Richard'ın aşırı duygusallığı, müşkülpesentliği (neyi yiyip neyi yemeyecekleri, neyi giyip neyi giymeyecekleri konusundaki seçicilikleri), İrlandalılara has kendini beğenmişliği de çocuklara geçmişti. Bir başka deyişle çocukların ikisi de yay gibi gergindi; babalarının hastalığının yarattığı gerginlik, hastalığın öncesindeki mutsuz yıllar onları sıradan çocuklardan çok daha şiddetle etkilemişti. Lucie'ye bak. Yedi yıllık kısacık ömründe ne çok değişiklik yaşamıştı – ikiz kız kardeşinin ölümü, oradan oraya taşınmaları, evlerinin bir bir yok olması ve en kötüsü –başlıca dayanağı olacak– babanın çöküşü, bütün bunlar kızın da yıkımına neden olmuş, şimdi sinir küpü haline gelmişti. O kadar çok şeyi kaybedince, geri kalan en sonuncu ve en sevdiği de yitip gider diye sürekli korku içindeydi. Anne yukarı, anne aşağıydı ve Mary yolun karşısındaki evde oturan banka müdürünün karısıyla iki çift laf etmeye gittiği ender akşamlarda, eve kaçta gelirse gelsin, çocuğu yatakta dimdik oturmuş buluyordu, annesinin onu bırakıp gittiği ya da öldüğü, bir daha hiç gelmeyeceği korkusuyla gözleri dolmuş, elleri terlemiş oluyordu. Mary'nin onu ne azarlaması fayda ediyordu ne de okşayıp sevmesi.

Her zaman kolayca heyecanlanan Cuffy de babasının ölümünden sonra, yüzünü ve gözlerini, görenleri rahatsız edici biçimde buruşturup kırpıştırma huyu edinmişti. Doktor bunun sadece sinirsel olduğunu ve çocuk büyüdükçe geçeceğini söylemişti. Şimdilik yapılabilecek hiçbir şey yoktu; belki bazen yüzüne ayna tutup ne kadar çirkin ya da ne kadar aptal göründüğünü göstermek işe yarayabilirdi. Ama Mary oğlunu, her iki çocuğunu düşünüyor, bu kusurlarla el içine çıkarlarsa hiç hak etmedikleri halde alay edileceğini, suçlanacaklarını -hatta belki de CEZALANDIRILACAKLARINI- kuruyordu; bunları aklına getirdiği anda olanca koruyup kollayıcı şefkati devreye giriyordu. Hayır, onlar Richard'ın çocuklarıydı; iyisiyle kötüsüyle, artısıyla eksisiyle de Richard'ın çocukları olarak kalmalıydılar. Çok benzedikleri babalarından başka hiç kimse onları anlayamazdı.

İşte şimdi de kararını pekiştirmek istercesine, bir zamanlar duyduğu ve sanki şu andaki zor durumda imdadına yetişmesi için belleğinde sakladığı bir söz aklına geldi: "Henry Ocock çocuklara çok sert davranır... Çocuklara çok sert davranır."

Bu cümle, işi bitirdi: Mary artık nerede durduğunu biliyordu. Evet, Ocock onun çocuklarıyla birlikte olmamalıydı – Mary ona bu fırsatı vermemeliydi. Çocuklarının yaşamı ve mutluluğu kendisinden başka kimseye bağlı olmamalıydı.

Mary mumu aldı, oturma odasına, mektubu okuduktan sonra bıraktığı masanın yanına gitti. Mektuba bir kez daha bakmadan, kalem kâğıt çıkardı ve cevabını tasarlamak için oturdu.

Evet, şu satırları yazdığında ne yaptığını çok iyi biliyordu: TEVECCÜHÜNÜZÜ DERİNDEN TAKDİR ETMEME RAĞMEN SİZİNLE EVLENEMEM. Mary böyle yapmakla kendini yoksulluğa mahkûm etmekle kalmıyor, hayatını kolaylaştırabilecek güce sahip bir dosttan da kopmuş oluyordu. (Ocock o kibirli tavrıyla, sorunları onun adına çözmeyi sürdürecek kadar âlicenap olamazdı.) Dahası, Mary bir anlamda kadınlığını da terk ediyordu. Çocuklarından birinin ona yardımcı olacak yaşa gelmesi için yıllar geçmesi gerekirdi. O zaman da kendisi yaşlanmış, arzulama çağını geçmiş olacaktı. Ama hiç duraksamadı. Yüreğinin nereye ait olduğunu bir kez daha anımsamıştı. İmzasının mürekkebi kurumadan gülümsedi – kendinden hoşnut, yürekli bir tebessümdü bu. Bütün bu olumlu olumsuz özellikleri düşünür, kazanç kayıp değerlendirmesini yaparken çocukların, Richard'ın çocuklarının, onun beğendiği ve beğenmediği şeyler hakkında kesin yargıya varma huyunu, acımasızca eleştirel bakışlarını iyi ki (ya da ne yazık ki) almış olan çocuklarının eğilimlerini hiç hesaba katmamıştı. Ama şimdi neredeyse kendini ödüllendirircesine şunu düşünüyordu: ÇOCUKLAR, ONA baba gözüyle bakmaya ne derlerdi acaba?

II

Cuffy yakında dokuz yaşında olacaktı, bununla da çok övünüyordu. Ama bu on yaşın övüncü kadar değildi; on yaş, üzerinde durup bire inen (ondan da önceleri neredeydin acaba?) ve yirmiye çıkan bir sıra basamağa bakılan bir platform gibiydi. "Ben erkek olunca," dediği zaman, aklındaki yirmi yaşında olmaktı. Yirmi yaş bayağı ihtiyarlamak demekti, ondan sonra her an ölebilirdi. Tabii, daha ileri yaşlarda olan insanları tanıyordu. Annesinin de Bowey'nin de başlarında beyaz teller vardı ve söylemek istemedikleri kadar uzun yaşamışlardı, ama bunu unutmuş gibi yapıyorlardı. Kendisinin o kadar yaşamayacağını düşünüyordu. Özellikle de Kutsal Kitap'taki sözü öğrendiğinden beri: Tanrı genç ölenleri sever. Çünkü sen yapman GEREKTİĞİ gibi Tanrı'yı seviyorsan ve Tanrı da seni seviyorsa, o zaman...

Övündüğü bir başka şey de, okula giderken kitaplarını koyduğu sırt çantasıydı. Çanta da, müzik egzersizlerini sürdürebilsinler diye piyano armağan eden Lady Devine'in hediyesiydi. TAM olarak hediye sayılmazdı, kadın çantanın parasını göndermişti; Cuffy'nin de tek başına kasabanın merkezindeki kırtasiyeciye gidip beğendiği çantayı almasına izin verilmişti. Çanta kahverengiydi, iki de tokalı askısı vardı. Cuffy derse giderken yalnız kalmamak için askılardan birinin tokasını Luce'a taktırırdı. Luce onunla birlikte gelir, tokayı takar, sonra kenarda durup ona el sallardı; Cuffy koşarak üst yola çıkan sete vardığında kız hâlâ orada dururdu. Boyuna düştüğü için askılı elbisesi hep kirli olur, çorapları da ayakkabılarının üzerine düşerdi. Annesi onu her gördüğünde, "Tanrı aşkına, şu çoraplarını çek çocuk," derdi. (Ama bacaklarının biçimini bozar diye kızın jartiyer takmasına izin vermezdi.) Cuffy saat on birde eve döndüğünde, Luce üstünü başını daha da kirletmiş olurdu. Cuffy tepeden aşağı koşar, Luce da koşarak onu karşılardı, Cuffy kızı yanına alır, ama annesi kız su bendine düşüp boğulur diye korktuğu için onu bendin aksi tarafından yürütürdü.

Cuffy derse gitmeyi seviyordu; Mr. Burroughs çok iyi bir adamdı. (Tam adı Papaz John Noel Burroughs'du.) Annesi, Cuffy'nin saat dokuzda derste olabilmesi için onu alelacele hazırlardı, ama Cuffy annesinin onu göremeyeceği üst yola çıkınca koşmayı bırakırdı. Çünkü çoğunlukla Mr. Burroughs daha yataktan kalkmamış olurdu, Cuffy de o gelinceye kadar rahat rahat kitaplarını, haritalarını, kalemlerini masaya dizer, hatta bazen tastamam bir gemi ya da at resmi bile çizerdi. Sonra Mr. Burroughs pijamasının üstüne paltosunu giymiş olarak gelir, gülerek, "Karıncayı bir kez daha ziyaret etmem GEREKECEK, öyle değil mi?" diye tembelliğini kastederdi.[1] Ama ÇOK tatlı adamdı. Sana hiçbir zaman ufak çocuk muamelesi yapmazdı. Yanına gelip kolunu boynuna dolar, "Hadi arkadaş, bakalım neler yapmışsın," diye toplama ya da gramer ödevlerine bakardı. Asla, "Bu yanlış... ya da üç yanlışın var," demez, çok kibarca, "Şuna bir de bu açıdan baksan evlat," derdi. Bazen pazar günü kilisede papazın siyah giysisinin üzerinde beyaz cüppesi ve sırtından sarkan mavi ipek şalla sıraların arasında yürüyüşüne bakarken, kolunu boynuna dolayıp pijamasıyla yanında oturuşu aklına gelir, onu ne kadar FARKLI bir halde tanıdığını düşünüp utanırdın.

Papazın bir başka iyi yanı, seninle hiç alay etmemesi – hatta yüzünü alaycı bir şekilde buruşturmamasıydı. Çoğu zaman yanlışlarını fark etmemiş gibi davranırdı. Ama yanlışlar çok fazlaysa, "Biraz soluk alalım, olur mu?" derdi; çünkü doktor, senin bol bol oynaman gerektiğini söylemişti. O zaman dersi bırakıp bahçeye çıkarlar ve çelik çomak oynarlardı ya da Mr. Burroughs ona bowling topunu nasıl atacağını öğretirdi. Mr. Burroughs çok sıcaklayınca paltosunu çıkarıp pijamasıyla kalırdı.

Bir başka sefer de papaza kitapla ilgili o APTAL soruyu sormuştu. Mr. Burroughs dersler boyunca kitap okurdu hep, bir gün seni kitabın adını okumaya çalışırken yakalayınca bir daha adını görme diye kitapları ambalaj kâğıdıyla

1. "Ey tembel kişi, git, karıncalara bak, onların yaşamından bilgelik öğren." İncil, "Özdeyişler", 6:6-7. (Ç.N.)

kaplıyordu. Annesi de onların ucuz romanlar olduğunu ve oğlan çocuklarına uygun kitaplar olmadığını söyledi. Ama bir seferinde kitap kaplanmamıştı ve adı o kadar komikti ki Cuffy sormadan EDEMEDİ – Mr. Burroughs onun soru sormasına karşı çıkmazdı. Soru sormak, kafanın çalıştığını gösterir derdi. Cuffy de, "Neden öyle yazmışlar?" diye sordu. "Kutsal Kitap'ta 'Tekneye binmek için deniz kıyısına giden adam' derken, gitmek anlamındaki '*go*' yerine '*goeth*' yazar," dedi. (Kutsal Kitap'ta öyle bir söz yoktu, gemileri çok sevdiği ve artık denizden çok uzakta yaşadıkları için kendisi uydurmuştu o cümleyi.) Mr. Burroughs önce onun ne demek istediğini anlamadı. Ama anlayınca da alay etmedi, o sözün "gitmek"le ilgisi olmadığını, bir insanın -gelmiş geçmiş en akıllı insanlardan birinin- adı olduğunu ve adama kısaca "Gertie" diye hitap edildiğini söyledi. (Ama bunları, hem de hayli böbürlenerek evde anlatınca, HERKES kahkahalarla güldü ve ona inanmadı; annesi bir erkeğe "Gertie" adı konmayacağını, olsa olsa kız çocuğu adı olduğunu söyledi. Ama Cuffy, bunun bir "ecnebi adı" olduğunu öğrenince, evdekiler ona inanmak zorunda kaldı. Cuffy içten içe bu adın fazlasıyla gülünç olduğunu düşünüyor ve böyle bir ad taşımaktansa çok akıllı olmamayı yeğliyordu.)

Sonra günlerden bir gün annesi onun Gertie'yle ilgili sırrını açığa vurdu, Cuffy annesinin öyle yapmaması gerektiğini düşünüyordu. Artık Latince öğrenmesi gerekiyormuş; oysa Mr. Burroughs çok küçük yaşta Latinceye başlamayacağını söylemişti. O da zekâ testine girdi; Mr. Burroughs onun Latinceyi ne kadar çabuk öğrendiğine şaşırınca, annesi Cuffy'nin Latince çalışırken sözcükleri bir melodiye uydurarak söylediğini ve o yüzden çabuk öğrendiğini anlattı. Mr. Burroughs bu söze bıyık altından bile gülümsemedi, bunun "parlak bir fikir" olduğunu ve bundan sonra dersleri melodiye uydurarak yapacaklarını söyledi. Mr. Burroughs bir kelime söyleyince Cuffy bunu şarkı gibi tekrarlamak zorundaydı; Mr.Burroughs bu melodiyi o kadar çok beğendi ki, dinlesin diye Miss Burroughs'u çağırdı – papazın eşi yoktu, bir tek kız kardeşi vardı. Kadın da ellerini çırparak melodiyi çok beğendiğini söyledi; sonra iki kardeş aralarında konuştular ve Cuffy onların "Tanrı vergisi bir şeyi olduğundan" söz ettiklerini duydu, ama TANRI demiş olamazlardı, çünkü o sözcük için başka bir melodisi vardı, TANRI kulağa çok SERT geliyordu. Miss Burroughs yakında org çalmayı öğrenmesi ve kilisede org çalması gerektiğinden söz etti; Mr. Burroughs da onu koroya alacağını ve kilise müziği öğreteceğini söyledi.

Miss Burroughs çok güzel bir hanımefendiydi. ÇOK uzun boylu olan ağabeyi kadar uzundu; sarı saçları, gülümsediğinde ortaya çıkan çok güzel dişleri ve kuğu gibi bir boynu vardı. Herkes öyle diyordu, ama Cuffy kuğunun boynunu yılana benzetiyordu, oysa Miss Burroughs'un boynu kalın ve yuvarlaktı. Çok da iyi kalpliydi. Cuffy'nin yanında yemek götürmesi gerekmiyordu; Miss Burroughs ona her sabah marmelatlı ekmek veriyordu, Cuffy de ömründe hiç o kadar lezzetli bir şey yemediğini düşünüyordu. Annesi sadece reçel yapar, marmelat yapmazdı.

Evet, derse gitmek SON DERECE ilginçti: Her zaman bilmediğin yeni bir şey vardı. Örneğin bir gemide kaç yelken direği vardır, gemiler direk sayısına göre nasıl adlandırılır, donanımları nasıldır - Mr. Burroughs da gemilere meraklıydı. Ayrıca bir daire ortasından kollar çıkarak tam yuvarlak olacak biçimde nasıl çizilir, o KOLLARA ne denir. Ve de Romalılar ile Yunanlar ve ne kadar eğlenceli insanlar oldukları. Yunanlar kısa elbiseler giyiyor ve -Luce gibi- çorapsız dolaşıyorlardı; Romalılar da savaşa giderken fillere biniyorlardı. Vay canına! FİLE binmek heyecanlı olmalıydı. Şimdilerde fil görmek istersen sirke gitmen gerekiyordu.

Romalıların komik bir yanı vardı, Cuffy Romalılar konusundaki dersleri öğrenirken aklına ilk önce onların burnuyla ilgili o konu gelirdi. Bunun nedeni de Yerambah'taki herkesin Mr. Burroughs'un bir Romalı burnuna sahip olduğunu söylemesiydi. Bu öylesine ilginçti ki, Cuffy'nin aklını iyice kurcaladı ve ne demek olduğunu öğreninceye kadar da içinin rahat etmeyeceğini düşündü, sonra (biraz kabalık sayılsa bile), "Romalı burnu deyince ne demek isteniyor? Romalıların hepsi çoktan ölüp gittiğine göre bunun ne anlamı var?" diye sordu.

Mr. Burroughs bu sefer güldü - tek gözünü kapatıp hınzırca bir ifade takındıysa da seni incitmek için yapmadı bunu. "Bu söz burnun biçimiyle ilgili evlat!" dedi. "Düzgün bir Romalı burnu görmek istiyorsan benimkine bak. Sonra eve gidip aynada kendi burnuna bak, al sana bir Romalı burnu daha." Cuffy bunu duyunca her yanını ateş bastı, içi bir tuhaf oldu: Öyle olmasının ilk nedeni (Romalıları daha yeni yeni öğrenirken) KENDİ burnunun da Romalı burnu olması, ikincisi de herkesin çok yakışıklı bulduğu Mr. Burroughs'la aynı özelliği paylaşmasıydı. Eve gidince annesinin odasındaki aynanın karşısına geçti, yüzünün hizasına indirip kendini inceledi. Ama karşıdan bakınca burnu tam olarak görünmüyordu, annesinin artık el aynası olmadığı için burnuna yandan da bakamıyordu. Cuffy odadayken annesi içeri girdi, onu görünce, "BURADA ne işin var Cuffy? – Ne diye kendine öyle bakıyorsun! Ne kadar çirkin olduğunu mu görmeye çalışıyorsun?" Ama Cuffy annesi bu sırrı da açığa vurur kaygısıyla neye baktığını söylemedi. Bunu Mr. Burroughs'la arasındaki bir sır olarak sakladı.

Luce'a da söylemedi, çünkü kızın burnu hem küçük hem etliydi, o yüzden bu konudan hoşlanmazdı – dahası, Mr. Burroughs'da olup da kendisinde olmayan bir şeyin Cuffy'de olması da keyfini kaçırabilirdi. Luce, onun sabahları o kadar zaman evden uzak oluşundan da hoşlanmıyor ve dört gözle yolunu bekliyordu, Cuffy eve gelince de sevinçten etekleri zil çalıyordu. Zaten Cuffy de seviniyordu. Çünkü dersler her ne kadar eğlenceli geçse de oyun oynamaktan başka iş olmayan günün geri kalan saatleri daha eğlenceliydi. Hem de ne oynamak... Ah nasıl oynuyorlardı! Çoğunlukla sadece Luce'la ikisi olurdu. Yerambah'taki bazı çocukları tanıyorlar ve bazen de partilere gidiyorlardı; ama en güzel oyunları yalnızca ikisinin oynadığı oyunlardı. Luce arada bir gidip annesine bakabildiği sürece halinden hoşnuttu ve her zaman Cuffy'nin sevdiği oyunları oynamaya razıydı. Ne oynayacaklarına Cuffy karar verirdi. Anneleri onların "Hiç değişiklik istemedikleri, bir oyun sona erinceye kadar oynamaya devam ettikleri için ömründe gördüğü en tuhaf çocuklar" olduğunu söylerdi. Hava serinse Luce'un bacakları neredeyse sızlayıncaya ve botlarının pençesi delininceye kadar seksek oynarlardı. Sıcak havalarda aşık oyunu oynar, kemikleri de yalvar yakar kasaptan alırlardı. Sonra bütün gün verandada annelerinin bir ambalaj sandığıyla birkaç kapaktan yaptığı eski masanın başında oturup minik kemikleri havaya atıp tutar, kendi parmak kemikleri sızlayıncaya kadar onları pazara domuz götürür ya da ahıra at sokar gibi kaleye sokmaya çalışırlardı.

Bu bahçede bir salıncak vardı, öteki çocukların salıncakları gibi değildi; iki telgraf direği arasına kurulduğu için havalara yükselerek sallanılabiliyordu. En hoş yanı da TEHLİKELİ olmasıydı, çünkü oturacak yeri salıncağa raptedilmemiş, sadece tahtanın iki ucundaki çentiklerden ipe geçirilmişti. Cuffy o tahtanın yerinden çıkmasından hiç korkmaz, ayakta sallanır ve neredeyse ters dönecek noktaya kadar yükselirdi; Luce da korkar, annesini çağırır, annesi de, “Dur Cuffy! Derhal dur!” diye haykırırdı. Luce ise oturarak sallanır, salıncak biraz yükselecek olsa deniz tutmuş gibi midesi bulanırdı. Cuffy'yi ömründe hiç deniz tutmamıştı, annesi onun yemeğini almak için geminin bir ucundan öbür ucuna yürüdüğü halde deniz tutmadığını söylerdi.

Evet, sabah altı civarında uyanıp çarşafı buruşmuş, sıcak yatağından kalkıp kendini doğruca banyoya attığın andan başlayarak yapacak çok heyecanlı şeyler vardı; su kırmızı olmasına karşın çok bol olduğu için küveti istediğin kadar doldurabilirdin. Kahvaltıda da istersen tereyağlı ekmeğini eline alıp bahçede koşar ve ekmeğinin yanında (olgunlaştıkları zaman) istediğin kadar şeftali ya da incir veya nektarin yiyebilirdin; çünkü bahçe meyve doluydu ve yemene de izin veriliyordu; sadece badem yemesine izin yoktu, çünkü annesi Lallie'nin badem yediği için öldüğünü söylerdi. Bahçeyi sulamak için kocaman bir hortum vardı; hava çok sıcak olunca yağmurlu gün oyunu oynarlar, eski püskü bir şeyler giyip şemsiyelerini alarak birbirlerine hortumla su püskürtüp serinlemeye çalışırlardı. Anneleri bu oyundan pek hoşlanmaz, insanların bahçe çitinin arasından bakıp yine "o acayip, o kaçık çocuklar" demelerinden korkardı, zaten bu yaptıkları olacak iş miydi? Verandayı da berbat ediyorlardı.

Ama annesi artık ÇOK tatlıydı, onlara hiç kızmazdı – daha doğrusu çok nadiren kızardı: Sadece müfettiş geleceği ya da "vergi bildirimi" yüzünden gergin olduğu veya bir tabak kırdığın yahut çatıya çıkıp sacın üstünde gök gürültüsü gibi sesler çıkararak yürüdüğün zaman kızıyordu. Düşüp öleceğinden korkuyordu çünkü.

Akşamları hava karardığında annesiyle bir tür sır paylaşıyordu; Luce'un bile bilmediği bir sır (tıpkı burnunun Mr. Burroughs'unkine benzemesi gibi). Bu paylaşım, Bowey, Luce'u yatırmadan önce yıkadığı sırada oluyordu. Postane kapanıp güneş battıktan sonra annesi verandaya bir salıncaklı koltuk çıkarırdı; insanların mektuplarını sordukları ya da pul aldıkları ofis penceresi verandaya açıldığı için gündüzleri ne kendisi verandaya çıkardı ne de çocukların çıkmasına izin verilirdi. Ama geceleri veranda kendilerine aitti. İşte o zaman Cuffy, artık çok büyüdüğü için gündüzleri hiç yapmadığı bir şey yapar, bacakları iyice uzadığı ve annesinin dizleri üzerinden yere değdiği halde, kendilerini görecek kimse olmadığı bir anda kendini annesinin kucağında bulurdu.

Orada öylece otururlardı, sadece o ve annesi, kimsenin haberi olmazdı; nasıl da rahattı, yorgunken en rahat yer burasıydı, kafanı dayayabileceğin bir çıkıntı ve annenin seni düşmekten koruyan kolları, saçlarına değen annenin çenesi. Orada öylece oturur ve konuşmazdınız, hiç... konuşmak istemezdiniz; konuşmaya gerek olmayacak kadar yakındınız. Üstelik söyleyecek bir şey de yoktu zaten.

Aslında yatıp yıldızlara bakmaktan başka bir şey yapmazdın. Bazen gökte ay olurdu, bazen de olmazdı. Ama her zaman su bendini, üst yolu ve tepeyi görebilirdin. Bu tepe her akşam güneşin battığı yerdi; gök gürültülü fırtınalar da hep o tepenin ardından gelirdi. Öyle zamanlarda gökyüzünün yarısı hâlâ mavi –ya da yıldızlı– yarısı da kanatlıymış gibi hızla kayıp giden ve Luce'u korkutan koskoca, kapkara bir bulutla kaplı olurdu. Bir seferinde herkes yattıktan sonra tepedeki küçük evlerden birine yıldırım düşmüş, yangın çanı öylesine gürültüyle çalmıştı ki insanlar yataklarından dışarı uğramıştı; ev başlangıçta sadece millerce yükseğe çıkan alevler halindeydi, sonra da yanıp kül olmuştu. Ertesi sabah evi görmeye gitmişlerdi, evden geriye kapkara dumanlı bir yığından başka bir şey kalmamıştı: Annesi ahşap evlerin en kötü yanının bu olduğunu, kibrit kutusu gibi yandıklarını söylemişti. Ama ANNESİ o evde oturanların sırf para almak için evi yaktıklarına inanıyordu.

Kuyrukluyıldız geldiğinde de bu tepenin ardından geçti. Görsünler diye çocukların uykudan kalkmalarına izin verilmişti. Zamanı geldiğinde Bowey onları uyandırdı, paltolarını giydirip dışarı çıkardı; verandanın kenarına oturup baktılar... O kadar uzun zaman baktılar ki, Luce dayanamayıp yeniden yattı. Ama o yatmadı; seyretti, hiç unutmamak için -kuyruğuyla gövdesini tastamam- seyredip durdu. Ama öteki yıldızları da hiç unutmadı, gökyüzü onlarla kaplıydı. Ay olmadığı ve gecenin yarısı olduğu için karanlıkta yıldızlar iyice seçiliyordu. (Ay, kasapta asılı domuz mesanesi gibi büyük ve yuvarlak olduğunda yıldızları karartırdı, onları göremezdiniz.)

Cuffy tam bütün bunları, ayrıca yarın ne oynayacaklarını, derste Mr. Burroughs'a ne soracağını, Miss Burroughs'un ne kadar güzel olduğunu düşünerek yatarken, Bowey banyonun olduğu arka verandadan, "Banyon hazır Cuffy!" diye seslendi.

Ama Cuffy kımıldamadı, annesi de içini çeker gibi yaparak, "Aman Tanrım, yine başladı! Onu iyice azarlamam gerekecek," dedi.

Cuffy oturmaya devam etmek için, "Bu KADIN eğer istemiyorsa bana neden, 'Küçükbey Cuffy,' diyor? Başka çocukların hizmetçileri öyle demiyor," diye sordu.

Ama annesi onun bu soruyu neden sorduğunu anladı ve sadece, "Saçma sorular sorma," dedi. "Hadi şimdi fırla git! Yoksa su soğur." Ve kucağını iyice kaykıltıp Cuffy'yi ayağa kalkmak zorunda bıraktı.

Cuffy yine de oyalanıyordu. "Beni neden hep Bowey yıkıyor? Kendi başıma yıkanamaz mıyım?.. Neden yıkanamayacakmışım? Neredeyse dokuz yaşında olacağım, Latince de öğreniyorum... Kulaklarımı banyodan sonra sen kontrol edebilirsin."

Annesi güldü. "Kontrol etmem gereken kulaklarından çok daha başka şeyler olur. Ama Bowey'nin bundan hoşlanmayacağını pekâlâ biliyorsun. Bu eve geldiğinden beri ikinizi de o yıkıyor. Onu incitmek doğru olmaz."

"Nedenmiş? Ona para veriyoruz."

"Dünyadaki paraların hepsinin bile satın alamayacağı bazı şeyler vardır. Bowey'nin benim için yaptığı da işte o şeylerden biriydi."

Cuffy annesinin ne demek istediğini iyi biliyordu. Ama ne pahasına olursa olsun bildiğini belli etmeyecekti. Babasını ve babasının hastalığını artan bir hızla rüya gibi anımsamaya başlıyordu, kötü bir rüya -kapkara bir at arkasından kovalıyormuş ya da ayakları suyun içindeyken koşmaya çalışıyormuş misali- kendisinden uzaklaştırdığı, hiç ama hiç hatırlamamak için elinden geleni yaptığı bir karabasan gibi.

Al baştan aynı sorusunu yineledi: "Peki, GERÇEKTEN dokuz yaşında olunca kendim yıkanabilir miyim? Hadi anne! Evet de!" diye annesinin kolunu yukarı aşağı çekiştirdi.

"Yani, belki. Bakarız - ama şimdi Bowey'nin gelip seni zorla götürmesini mi istersin?"

Cuffy istemeye istemeye ayaklarını sürüyerek kapıya gitti. Ama kapıda durup çatlamış bir tuğlanın ucunu parmağıyla zorlayarak kopardı, onu yola atmak için verandanın kenarına gitti, sonra verandanın ucunu nişanlayıp hayalî bir topu yuvarladı. (Neden çocuklar ne kadar yorgun olurlarsa olsunlar yine de yatmak istemezler?) Ve banyodan gelen ikinci bir sabırsız sesleniş üzerine eve girdi.

Annesini derin düşüncelere dalmış halde bıraktı. Söylediği doğruydu: Yakında koca çocuk olacak, "minik Cuffy" olmaktan çıkacaktı; bacaklarının, boyunun uzadığı günler kapıdaydı.

Kucağında sevip okşadığı çocuğun değişip büyüdüğünü görmenin getirdiği kaçınılmaz pişmanlıkla birlikte, onun geleceğiyle ilgili çetin sorunlar aklına geldi. Ne yapmalıydı? Oğluna, Richard'ın çocuğu olarak hak ettiği öğrenimi nasıl sağlamalıydı? Üstelik onun oğlu için beslediği hevesleri abartılmış, anlamsız ve çocuğun sonraki yaşamında hiç işine yaramayacak şeyler gibi gören akrabaların ve dostların itirazlarıyla da karşılaşacağına kuşku yoktu. Evet, oğlu için mücadele edecekti. – Mary yüksek sakızağaçlarının sıralandığı, ama bir tek lamba direğinin olmadığı, karanlık bastıktan sonra bir tek arabanın geçmediği yola bakarak orada otururken, ayakları öylesine sağlam basan yaşamında engelleri ve zorlukları yenmesini sağlayan ve yalnızca çocuklarının ya da çocuklarıyla ilgili düşüncelerinin uyandırdığı bir coşkuyla pekişen o inatçı ve kararlı ifade belirdi yüzünde.

III

Mary, Melbourne'e gitmeye karar verdi. Bir pazar günü özel olarak akıl danışmaya gittiği Mr. Burroughs bu kararı alma konusunda onu yüreklendirdi. - Mary, şimdilerde kiliseye gitmemeyi âdet edinmişti. Pazar günlerini ofisin tamamlanmamış işlerini bitirmekle, çocukların giysilerini elden geçirip onarmakla, gelecek haftanın yemeklerini, ekmeklerini, çöreklerini pişirmekle geçiriyordu. ("Tanrı benimle ilgilenmek zahmetine girerse, kiliseye neden gitmediğimi anlayacaktır.") Ayin bittikten sonra, Mr. Burroughs papaz elbisesi ve cüppesini çıkarmadan -koridorda yürürken çıkardığı- şalı elinde tutarak sundurmaya geldi, bir yandan Mary'le konuşurken bir yandan da kiliseden çıkan cemaatini gülümseyerek selamlıyor ya da meraklı bir köpeği taş atarak uzaklaştırıyordu. (Gerçekten de çok keyifli bir insan olmakla birlikte papazlık ciddiyetinden uzaktı.)

Mr. Burroughs, Cuffy'nin artık evden ayrılma zamanının geldiği konusunda Mary'nin görüşüne kesinlikle katıldı. "Oğlan yetenekli - çabuk öğreniyor, öğrendiklerini güzelce aklında tutuyor. Gerçek bir erkek olabilmesi için ona gerekli olan, yaşıtı erkek çocuklarıyla bir arada olmasıdır." Papaz, çocuğun kız kardeşi Miss Burroughs'a gösterdiği yakınlığı düşünerek, "Aksi takdirde, çocuk o biçim olacak. Öyle olması için bütün koşullar mevcut. Anasının kuzusu, gerçek bu. Etrafında kadınlardan başka kimse yok, tek oyun arkadaşı da kız."

Böylece, Mary kış ortasında "idari izin" aldı ve bazı eski dostlarına şehre geleceğini yazdı. Tam da beklediği gibi artık Heny Ocock'un sesi soluğu çıkmıyordu. Ama Devine ailesine güvenebilirdi; Sir Jake, Ocock'tan sonra tanıdığı en nüfuzlu kişiydi. Onun aracılığıyla Melbourne İlkokulu hakkında bilgi edinebilir, okula giriş koşullarını, kurallarını ve burs alma olanağı olup olmadığını öğrenebilirdi.

Dahası, sonunda hiç istemediği halde kaçınılmaz olarak alması gereken borcu da Sir Jake'ten isteyebileceğini düşünüyordu.

Sonra giysilerini elden geçirmeye başladı, kimini tersyüz etti, kiminin lekelerini sildi, ütüledi; siyah eldivenlerin açılmış dikiş yerlerini mürekkeple kapattı; eski şapka tüylerini gümüş meyve bıçağının yardımıyla yola getirip kıvırdı; Lucie'ye birkaç yeni elbise biçip dikti. Tabii ki Lucie de onunla gidecekti, kızı evde bırakmak söz konusu bile olamazdı.

Cuffy, Bowey ve sosyal hizmet görevlisiyle evde kalacaktı; Bowey'nin uyum sağlayıp rahatça ilgilenebilmesi için, özel rica üzerine görevlinin bir kadın olması sağlandı.

Mary'nin yolculuğa çıkmadan önce yapması gereken işlerden biri de evi dip bucak temizlemek oldu. Çünkü bir yandan yaşlanıp bir yandan yoksullaştıkça, titizliği saplantı haline getirmişti – elinde kalan sadece buydu işte, eve gelen bir yabancı bir örümcek ağı ya da zerre kadar tozlu bir köşe görmemeliydi; halıları yere çiviyle değil kancayla tutturulmuştu, karyolaların hepsi de altı silinebilecek yükseklikteydi. Mary yemek odasındaki eşyaları odanın ortasına toplayınca, duvarların haline bakıp dehşete düştü: çıplak duvarlar kahverengi lekeler ve sinek pislikleriyle doluydu, her yanda yağlı çocuk parmaklarının sayısız izi vardı. Mademki işe girişmişti, o halde duvarlara ve tavana da bir güzel badana yapabilirdi.

Bunda olağandışı bir şey yoktu; artık her türlü onarım işini kendi yapıyordu: dikiş makinesini ve saatleri söküyor, parçaları temizleyip düzelterek yeniden çalışır hale getirinceye kadar uğraşıyordu. (İşin tuhafı, bu yaşında makinelere karşı hiç beklenmedik bir ilgi duyduğunu fark etmişti; makineler yaşamdaki öteki şeylerin çoğundan daha anlamlı, daha mantıklı ve daha az kaprisli gibi geliyordu.) Bir keresinde bir fare ölüsünü çıkarmak için piyanonun tellerini sökmek zorunda kalmıştı. Ona kıyasla dört duvara ve tavana badana yapmak çocuk oyuncağıydı. Mary başına eşarp bağlayıp beline önlük takarak, badana kovasıyla tahta merdivene tırmandı. Çok geçmeden de büyük, düz fırça kovaya dalıp çıkmaya, sütbeyazı damlacıklar havada uçuşmaya başladı.

Böyle günlerde çocukların ayakaltında dolaşması yasaktı. O yüzden kaza olduğunda çocuklar bahçedeydi.

Kazanın nasıl ve neden olduğunu Mary hiç kestiremedi. Belki fırçayı tavanın bir köşesine sürmek için bir yanına fazla eğilmişti ya da merdivenin üstünde duran kova düşecek gibi olmuş o da kovayı yakalamak için aceleyle hareket etmişti. Her nasıl olduysa Mary dengesini kaybetti, kendini toparlamaya çabaladı -duvarda tutunacak bir şey yoktu- ve kendini yerde buldu, kovayla merdiven de üstüne düştü. Düşmenin gürültüsünü ve Mary'nin kendini tutamayıp attığı çığlığı, mutfakta temizlik yapan Bowey duydu, yaşlı kadın ellerini önlüğüne kurulayarak, koşa koşa gelip telaş içinde haykırmaya başladı.

"Mrs. Mahony, Mrs. Mahony! Siz NE yaptınız? Her ne yaptıysanız şimdi!"

"Sus Bowey, çocukları korkutacaksın. Bir şey yok, ölmedim. Çabuk ol, çocuklar gelmeden yardım et bana. Galiba bacağım, ah bacağım!" Bowey merdivenle kovayı kaldırıp Mary'yi doğrultmaya çalışırken, acıdan bembeyaz kesilen Mary dudağını ısırıyordu.

"Sen bana bir bardak su getir, ondan sonra kalkmaya çalışırım – hayır, dur öyle yapma, bacağımı kendim doğrultabilirim, kırılmadı – Tanrı'ya şükür! Aman Bowey, saçmalama." Çünkü Bowey, Mary'nin kırığı çıkığı olmadığını görünce rahatlamış, rahatlayınca da önlüğünü başına geçirip ağlamaya başlamıştı. "Sen yatağa gitmeme yardım et. Ben biraz dinleneceğim."

İncinen bacağı soğuk suya batırılmış bezlerle sarılı olarak, bitkin ve sersemlemiş bir halde yattı. Çocuklar heyecan ve merakla koşarak geldiler. Bacağını incitmenin, dizlerini sıyırıp kanatmanın ve yaraları sarılıp kımıldamadan oturmanın ne demek olduğunu ÇOCUKLAR kendi deneyimlerinden iyi biliyordu. Şimdi anneleri aynı durumdaydı ve o çayını içerken yatağın kenarına oturup onunla konuşmak hayli eğlenceliydi. Başka günler annelerinin konuşmaya vakti olmazdı hiç.

Ertesi sabah tepeden tırnağa sızılar içinde olmasına karşın Mary sürüklenerek ofise gitmeyi başardı, işinin başına geçti, -artık iyice moraran ve neresine dokunulsa acıyan- bacağını önündeki tabureye uzatarak oturuyordu. Ama Mary'nin gösterdiği bütün özene karşın bacağı iyileşmek yerine kötüye gidiyordu ve üçüncü günün sonunda hâlâ ayakta duramadığı için Melbourne yolculuğunu bir kayıp olarak niteleyip vazgeçmek zorunda kaldı.

Mary, işleri kasabadaki ilkel otelde kalan yardımcısına devredince, alışık olmadığı bir eylemsizlik sürecine girdi. Boşta kaldığı için hiç durmadan bir şeyleri onarıyor, yamıyor, örgü örüyordu. Ama çok geçmeden, eskiden nadiren oturan ya da yatan biri olarak, şimdi yaptığı tek şeyin saatlerce, günlerce yatıp, zaman öldürmek ve gerçekleşmeyecek bir iyileşmeyi beklemek olduğunu düşünmeye başladı.

Zedelenmiş bir kemiği iyileştirmek için duyduğu her çareyi denedi: banyo, yara lapası, sıcak kompres; kasaba doktorunu çağırmak dışında her şeyi denedi. Adamı tanımıyordu, ama doktorlara çok güvenmezdi; tıp alanına hep kuşkuyla bakmıştı. Ya da belki çok uzun süre Richard'a, Richard'ın yeteneğine bağlılığı yüzünden başkalarına güveni sarsılmıştı. Sonunda Bowey'nin yalvarmalarına dayanamayarak Dr. Forrest'i çağırttı, adam tam beklediği gibi çıktı. Çok sıradan, tipik bir taşra pratisyeniydi; önerebileceği hiçbir yenilik yoktu; Mary'nin o güne kadar yaptıklarını onaylamaktan ve aynen devam etmesini tavsiye etmekten başka bir şey yapmadı. Tamamen iyileşmenin zaman alacağını söyledi.

Doktor oradayken tuhaf bir şey oldu. O kadar çok düşünmekten ve kaygılanmaktan Mary'nin zihni bulanmıştı; yatakta yatıp doktorun dili sürçerek konuşmasını dinler, adamın nereye koyacağını bilemediği ellerine bakarken, bir tür bellek kaybı yaşadı ve doktoru başka biriyle, tıpkı onun gibi bir doktorla, yıllar önce daha Ballarat'tayken, ilk bebeğini doğurduğu ve Richard doğumu kendisi yaptıramayacak kadar gergin olduğu zaman, yanına oturup sorular soran doktorla karıştırdı. Bu akıl karışıklığı, geçmişteki günler şimdiden daha gerçek görününceye kadar artarak büyüdü – Mary yeniden ilk hasta yatağında yatan, ürkek çocuk-zevce oluverdi. Doktor gittikten sonra bile tam olarak kendini toparlayamadı.

Çocuklar, onların konuşmaları ve odaya bir tepsi getiren Bowey, Mary'nin kendine gelmesini sağladı. Ama gece olunca onu bugüne çağıracak kimse yoktu, o da çok çok uzaklara gidinceye kadar sürükleniyordu. Aksi takdirde öylece yatıp bacağındaki zonklamaları sayıyor (karanlıkta o zonklamalar çekiç gibi inip kalkıyordu), zonklamalar giderek arttığı (bunu kendisi de bildiği) halde azaldığına inanmaya çalışıyordu. Daha sonra cesaretini yitirdi, kendini asla kötü düşüncelere kaptırmayan kadın durumunu ve zorlukla yürümeyi kabullendi – Tanrı'yı sorgulamaya, anlam çıkarmaya, başına gelenler için bir neden bulmaya çalıştı. "Ne kadar APTALCA geliyor. Ne yararı var? Kime ne yararı olabilir?" Ama daha çok da kendine kızıyordu: "Ah,

NE DİYE duvarları o halde bırakmadım? O kadar da pis değildi." İşin tuhafı bu sözlerine cevap geliyordu. Kendine benzeyen, ama yine de tam olarak kendi gibi olmayan bir kişi ya da bir şey soğuk bir tavırla mesafe koyarak konuşuyordu: "SEN böyle bir şey yapmazdın. Bunu yapamazsın." Bunun üzerine gerçek kimliği öfkeyle karşılık veriyordu. "Ben PİSLİĞE dayanamam... Eğer ondan bahsediyorsan!" Bu söz üzerine kendisi olan ama aynı zamanda kendisi olmayan o şey pes etmiyordu. Buz gibi bir sesle verdiği tek karşılık, "Artık bunu konuşmanın yararı yok. İş işten geçti. Olan oldu," demek oluyordu. Bu da ölüm fermanı gibi geliyordu. Gerçekten de bir sondu bu; çünkü, "Biliyorum, bir yararı olmadığını biliyorum. AMA yaradılışım neden öyle? Ondan kim sorumlu?" sorusuna hiç cevap gelmiyordu.

Her gece aynı süreci yaşıyordu, buna bir de tahammül edilemez bir düşünce eklendi: "Eğer ben... ONLARA NE olur..." ya da "Yapmadan önce iyice düşünmem gerekmez miydi..." Bu böyle sürüp gitti, ta ki bir gece yüksek sesle konuşup, işitilebilen bir sesle cevap aldığını fark edene kadar. O zaman aklımı mı yitiriyorum diye paniğe kapıldı; gün ışıyana kadar bu dehşetle boğuştuktan sonra birden karar verdi ve onu hiç yanıltmamış, hiç yalnız bırakmamış bir dostuna, sağduyusuyla ne yapılması gerektiğini bilecek birine imdat çığlığını yolladı.

Ve trenin ve de posta arabasının olanca hızıyla Tilly geldi: Çocuğunun ölümünden sonra hayli değişmiş bir Tilly, hem de çok değişip eski görüntüsünün gölgesi haline gelmişti, bir zamanlar balıketliyken şimdi zayıflayıp kurumuştu. Ama Mary'nin perişan halini görür görmez eski enerjisini buldu. Göz açıp kapayana kadar olayı kavrayıp duruma hâkim oldu.

Artık iyice şişmiş ve rengi kararmış yaranın manzarasını görünce, korkusunu açıkça göstermeyi göze alamayacak kadar dehşete düştü; Melbourne'e gidip Melbourne' deki bir doktora görünmenin dışında hiçbir şey kabul etmeyeceğini söyledi.

"Ne yani? Seni burada bırakayım da o kara cahil herif bacağını kaybetmene mi sebep olsun? Hiç anlamam!"

Mary'nin masraf olacak, artık yeniden "izin" isteyemem gibi itirazlarına kulak asmadı Tilly. Telgraflar çekildi, yetkililere haber verildi, iyi dost Devine ailesinden kendi paylarına düşeni yapmaları rica edildi. Ondan sonra Tilly neredeyse bütün bir geceyi dikiş makinesinin başında geçirerek, hastanın başından kolayca geçirilebilecek biçimde bol, düğmesiz, kopçasız, koyu renk bir giysi dikti. Kalabalık bir posta arabasında yolculuk söz konusu olmadığı için, Tilly bir kapıyı menteşelerinden çıkardı, üzerine yorgan örttü, bu uyduruk sedyeye Mary'yi yatırdı, kır yolundan en yakın tren istasyonuna götürmek için yan kapağı açılmış bir at arabasına bindirdi.

Mary yine itiraz etti, "Lucie'yi burada BIRAKAMAM Tilly – bu mümkün değil. Çocuk şimdiye kadar benden hiç ayrılmadı. Üzüntüsünden yatağa düşer," demesine de kulak asılmadı.

"Yatağa DÜŞERSE DÜŞSÜN derim, başka bir şey de demem! Şimdi şımarık bir çocuğun kaprislerini çekecek zaman mı!"

Marry'nin açıklamaya çalışması da boşunaydı. Dünyanın bütün açıklamaları bile Tilly'nin anlayışla karşılamasını sağlayamazdı.

Arabada yatan Mary çocuklarına son bir kez daha bakabilmek için dirseğine yaslanarak doğruldu. Onların gidişini seyretmek için toplanan ufak kalabalığın arasında biri uzun bacaklı, diğeri küçük ve şişman iki çocuk el ele tutuşmuş duruyordu. O andaki heyecanı Mary'nin gözyaşlarını bile kuruttu. Gözyaşı dökmek ona yakışmazdı. O yüzden çok sıradan bir tavırla sadece şunları söyledi: "USLU durun yavrularım, Bowey'yi üzmeyin, onun işi zaten başından aşkın. Ben de yakında döneceğim. O zamana kadar Lucie'ye iyi bak Cuffy – elinden ne gelirse yap."

Cuffy başını sallamakla yetindi. Annesinin herkesin içinde uslu durun dememesi GEREKTİĞİNİ düşünüyordu. Lucie'yle ilgili sözleri de söylememeliydi. Çünkü Cuffy zaten her zaman Lucie'yle ilgilenirdi – üstelik annesi şimdiye kadar bu sözü kim bilir kaç kez söylemişti. O yüzden Cuffy sadece başını salladı ve annesine bakmak yerine ata ve sürücüsüne baktı. Hem bugünlerde annesine bakmak içinden gelmiyordu: Suratı ateş gibi al aldı, hiç yakışık alır gibi değildi. Annesinin öyle gülünç giyinmesinden de, herkes durup seyrederken arabada öyle yatmasından da hoşlanmamıştı. Annesinin bir an önce gitmesini istiyordu. – Öyle de oldu, Tilly Teyze her ne kadar arabacıya, "Atı hızlı koşturursan beynini patlatırım!" dediyse de treni kaçıracaklar diye korktuğu için hemen yola çıkacaklardı. Tilly arabacıya öyle dedikten sonra elinde bir şişe ve bir şemsiyeyle arabaya çıkarak Mary'nin yanına oturdu ve at onları taşıyarak kasabanın içinden geçip gitti.

Ama her şey bir yana, gerçekten çok heyecan verici bir yolculuktu. Üstelik annesinin üzerinde yattığı kapı ONUN kapısıydı, çünkü en küçük kapı oydu. Şimdi kapının olduğu yerde sadece bir boşluk vardı. O boşluktan, Bowey'nin yanında yatan Luce'un olduğu yeri görebiliyordun. Annen, Luce'la ilgilenebileceğin için tatilde olmanın iyi olduğunu söylemişti. Ama bunun hiç önemi yoktu, çünkü Luce artık oyun oynamak istemiyor, Bowey'nin yanından ayrılmıyordu. Ancak onun yanındayken ağlamayı kesiyordu.

O yüzden Cuffy tek başına oynuyordu, başlangıçta annesinin gidişi onun içinde bir boşluk bırakmıştı (tıpkı kapı gibi). Ama sonradan aslında buna sevindiğini düşündü. Çünkü annesi orada yokken, Cuffy de onu fazla düşünmek zorunda değildi. Merdivenden düştüğünden, doğru dürüst yürüyemediğinden, yüzü kızarıp şiştiğinden beri annesini düşünmek HOŞ değildi. Cuffy onun her zaman eskisi gibi görünmesini istiyordu.

Ama annesinin yüzünü unutmayı başarsa bile gerçekten mutlu olamıyordu. Bunun nedeni de bildiği -kimselere, Luce'a bile söylemediği- bir sırdı. Bahçede olduğu sürece o sır aklını fazla kurcalamıyordu. Ama yatağa girip uykusu gelinceye kadar öylece yatarken, işte o zaman bu sır bir yumru gibi göğsüne oturuyordu. Bu, onun dinlediğini fark etmeyen Tilly Teyze'nin Bowey'ye söylediği bir şeydi. Annesinin bacağı iyileşmezse, yerine tahta bacak takacaklarmış. Bu DÜPEDÜZ KORKUNÇTU. Bir keresinde kendi bacağının bittiği yere bağlanmış tahta bacaklı bir ihtiyar adam görmüştü -ince uzun bir değnek, diz yerinde de bir yumru- annesinin öyle gudubet bir halde dolaşmak zorunda kalabileceğini düşününce ağlayası geliyordu. Hiç kuşkusuz, hanımefendiler o görüntüyü gizleyen giysiler giyiyordu, ama tahta bacağın yerde çıkardığı tak tak sesi engellenemezdi ya da o ihtiyar gibi yalpalamak da kaçınılmazdı – yo, hayır, hayır! Annesini o halde düşünmeye DAYANAMIYORDU, elinde değildi. Sokakta yürürken serseriler annesinin arkasından bağıracaktı. Kendisi de okula gidince (annesi onu okula göndereceğine kesin söz vermişti) annesi onu görmeye gelecek, okuldaki oğlanlar da annesinin arkasından gülüp alay edeceklerdi. Sadece bunu düşünmek bile, Cuffy'nin çarşafının kırışıp buruşmasına, battaniyesinin yere düşmesine neden oldu. Bowey sesi duyup geldi, battaniyeyi yerden kaldırdı, onu da uyumadı diye bir güzel azarladı. (Gözlerin direniyorsa, zorlasan da uyku tutarmış sanki.)

Gündüz alabildiğine oyun oynuyordu. Ama günler geçip gidiyordu, koca bir hafta bitti ve hep tek başına oynamak dayanılmayacak kadar sıkıcı gelmeye başladı. Bowey onun başka çocukları eve çağırmasına izin vermiyordu, "Annenin bundan hoşlanıp hoşlanmayacağını bilemem," diyordu. Cuffy de o çaresizlik içinde annesinin hoşlanmayacağını BİLDİĞİ şeyleri yapmaya başladı: Yoldan geçen var mı diye bahçe kapısının üzerine çıktı, kapıya asılıp sallandı... Sonunda kapının sürgüsü düştü, Cuffy, Bowey görmeden onu yerine takıp düzeltinceye kadar ecel terleri döktü. Sonra yine izin verilmeyen bir şey yaptı: Bahçe kapısını açtı, sokağa çıktı, karanlıkta ya da çakırkeyifken yolun kenarındaki (çok derin) çukurlara düşülmesin diye yerleştirilmiş babaların arasına çekilen zincirlerin üzerinde sallandı. Ama Cuffy tam bunları yaparken devlet okulunda okuyan birkaç haylaz çocuk gelip, sokağa çıktığından annenin haberi var mı diye sıkıştırdılar onu. Cuffy öylesine kıpkırmızı kesildi ki, onlara verilecek en uygun cevap, evet haberi var, sizi burada görse bir maymun alıp satasınız diye elinize altı peni verirdi, demek olduğu halde ne diyeceğini bilemedi ve zincirin üzerinden inip koşarak bahçeye girdi.

Sonra bir gün aklına bir şey geldi – harikulade bir fikirdi, Luce da beğendi. Annelerinin eve geleceği gün için bir bayrak yapacaklardı – insanlar özel, güzel şeyler olduğunda hep bayrak asarlardı. Annelerinin tembih ettiği üzere, Bowey haftalık harçlıkları olan üçer peniyi vermişti. Cuffy her zaman yaptığı gibi parayı alır almaz harcamış, Çin Kampı' nın yanındaki şekercide (bayatlıktan beyazladıkları için) üç peniye kucak dolusu satılan çikolatalardan almıştı, ama Luce'un harçlığı duruyordu hâlâ, bayrak fikrini BEĞENDİĞİ için de parasını (kumbarasına atmak yerine) ona verecekti. Pazartesi günü Bowey çamaşır yıkadığı ve onları görecek hali olmadığı sırada, bir koşu kasabaya gittiler, kıpkırmızı ve kocaman bir bez aldılar; Cuffy bir değnek yonttu, beze delikler delip değneği geçirdiler, bayrak yaptılar. Ama pek boş görünüyordu, bayrakların üstünde hep bir şeyler olurdu; onlar da kendi bayraklarına YAZI yazmaya karar verdiler, eve girip annelerinin süs yastıklarındaki boncukları kopardılar, Bowey'nin dikiş kutusundan iğne iplik alıp kırmızı bezin üzerine beyaz boncuklarla "Anne" sözcüğünü dikmeye başladılar. Bunu yapmak MÜTHİŞ zordu, Luce beceriksizin tekiydi, Cuffy'nin eli de pek yatkın sayılmazdı. İğneyi içinden geçirmeye çalışırken boncukların çoğu kırıldı, Cuffy biraz daha boncuk almaya kalkışınca yastığın üzerindeki boncukların hepsi etrafa saçıldı, çocuk da onların dağılmasına engel olamadı. (Boncukların düştüğü anlaşılmasın diye yastığın yüzünü duvara çevirdi.)

Dikerken ter içinde kaldı, gerçekten çok zor işti. Üstelik harfler düzgün olmuyordu. Çok zaman alıyordu, Cuffy ancak ANN harflerini tamamladığı sırada Tilly Teyze'den telgraf geldi, geleceklerini – hem de ertesi gün orada olacaklarını bildiriyordu. Cuffy dikişe devam edemeyecek kadar heyecanlandı. Luce'la birlikte haykıra haykıra bahçede koşmaya başladılar, Cuffy bir şarkı icat etti: Gümgüm-degüm-güm, annem geliyor bugün! (Bugün sözü de doğru SAYILABİLİRDİ.) Ama gece olunca, o tahta bacak kafasını kurcaladığı için gözüne uyku girmedi.

Arabanın gelmesine daha saatler varken yolu gözlemeye başladılar. Arabanın sesini duyuyormuş oyunu oynayıp gelişini görmek için yolun köşesine kadar koşuyorlardı. Bowey onların gelmeyeceğini – bugün gelmeyeceğini çocuklara söylemedi.

Sonunda arabanın sesini gerçekten duydular – toynakların sesini ve tekerleklerin tıkırtısını. Cuffy hemen gidip bayrağı aldı (Bowey'nin haberi olmasın diye limonluğa saklamışlardı), ikisi yan yana durup bayrağı kaldırabildikleri kadar yükseğe kaldırdılar. (Ama rüzgâr olmadığı için bayrak dalgalanmıyordu.)

Önce ağaçların arasından arabanın kırmızısını, sonra tamamını gördüler. Bu kadar geç gelmesinde şaşılacak bir yan yoktu, çünkü gelen posta arabası olmadığı için atlar rahvan bir koşuyla AĞIR AĞIR ilerliyordu. Sonunda çocukların olduğu yere gelip durdular, sürücü dizginleri fren çubuğuna dolayıp aşağı atlayarak kapıyı açtı. Arabacı kilimden yapılmış bavulu indirdikten sonra Tilly Teyze indi... arkası dönük olarak indi. (Bir saniye sonra tahta bacak var mı yok mu görecek diye heyecanından Cuffy'nin kalbi öylesine güm güm atıyordu ki, herkes duyacak sanıyordu.) Ama sonra... ne demek oluyor bu? Annelerinin arabadan inmesi yerine arabacı kapıyı kapadı, sürücü koltuğuna geçti, dizginleri çözüp sarsarak atları harekete geçirdi. Ay! Ne yapıyordu bu adam? Annelerini neden götürüyordu? Cuffy'nin gözleri yerinden uğrayacak gibi oldu, ağzı dili kurudu. Sadece, "Annem nerede? Gelmedi mi?" diyebildi. Bunu söylerken birdenbire kalbi eski güm güm atışlarını solda sıfır bırakacak kadar hızla çarpmaya başladı.

Tilly Teyze şimdi dönmüş, onlara ve Bowey'ye doğru yürüyordu, ilk anda DEHŞETLİ öfkeli görünüyordu, sonra suratı buruşuverdi, gözleri kayboldu, ağzı yanaklarının içine gömüldü. Sonra da ağlamaya başladı... Dur durak bilmeden hıçkıra hıçkıra ağlıyordu... Mendilini çıkardı, gözyaşlarını durdurmaya çalıştı, ama durduramadı, daha da öfkelendi ve alabildiğine ters, alabildiğine sert bir sesle konuştu: "Hayır gelmedi. Gelemedi. Anneniz bir daha hiç gelmeyecek. Öldü."

IV

Yıllar sonra Tilly kendini savunmaya kalktı: "Yemin ederim ki, öyle pattadanak söylemek İSTEMEDİM. Çocukları hazırlamaya... alıştırarak söylemeye niyetliydim. Ama ellerinde o bez parçasıyla dikilen yavruları görüverince – bilmiyorum, ama bana sorarsan, onların halini görünce bana olanlar oldu. Oldu işte: Ağlamaya başladım ve ağzımdan kaçıverdi. O zamandan beri çok düşündüm, belki de en iyisi öyle söylemekti. Çocukların bilmesi gerekiyordu. Ne kadar çabuk öğrenirlerse o kadar iyiydi. Üstelik ben lafı dolandırmayı sevmem. – Yine de o oğlanın nasıl KIPKIRMIZI kesildiğini hiç mi hiç unutmayacağım!"

Çünkü o gaddar, acımasız sözcükler suratına atılan birer taş gibi üzerine gelirken, gövdesindeki kanın tamamı Cuffy'nin yüzüne hücum edip suratını yakarak, dağlayarak orada durdu. Cuffy her şeyi unuttu –Luce'u, bayrağı, annesinin gelmeyişini– yalnızca tek bir düşünce vardı kafasında: Tilly Teyze'den uzaklaşmak, Tilly Teyze'nin... hiç kimsenin kendisini göremeyeceği bir yere kaçmak. Ve birden döndü, Tilly konuşmaya devam ediyorsa ya da ona geri dön diye sesleniyorlarsa duymamak için parmaklarını kulaklarına tıkayıp can havliyle koşarak bahçenin yukarısına, büyük kaktüslerin arkasına attı kendini. Orada öylece oturdu, kulakları tıkalı, gözleri kapalı, yüzü sert bir yumruk yemişçesine çarpılmış bir halde oturdu.

Daha sonraları, zamanın getirdiği bilgelikle, beynine kanı hücum ettiren, topukları poposunu döve döve koşturan şeyin utanç olduğunu anlayacaktı: Başka birinin utanmazlığı karşısında her zaman duyduğu utanç. Ama ufak bir çocukken, ateş gibi yanan, öfkeyle kızaran yanaklarından başka hiçbir şeyin bilincinde değildi. Onu eve götürmeye kimsenin gelmeyeceğini anlayıncaya kadar da parmaklarını kulaklarından çekmedi.

Kimse gelmedi, yüzünü yakan ateş yavaş yavaş soğudu, yüreğinin gümlemesi dindi. O zaman düşünmeye başlayabildi, tek bir düşünce dönüyordu kafasında: Olamaz, bu doğru OLAMAZ! Ya anlatan yanlış anlatıyordu ya da ne olduğunu tam olarak bilmiyordu. Annesi ASLA gidip ölmez, onları böyle bırakmazdı. Bu, kesinlikle olamayacak bir şeydi. – Biraz daha dinleyip yeni bilgi alma dürtüsüyle ayağa kalktı, patikadan aşağı yürüdü.

Ortalık tam anlamıyla sessizdi, çıt çıkmıyordu: Bir an için kulakları tıkalıyken arabanın geri gelip Tilly Teyze'yi götürmüş olması gibi beyhude bir umuda kapıldı. (Ah, keşke... KEŞKE!) Önce salona baktı... kimse yoktu. Yemek odasında da kimse olamazdı, hiç ses gelmiyordu; yine de kendi gözleriyle görmek için kapıyı açtı – aman Tanrım, o da ne, kapının arkasındaki kanepede Tilly Teyze'yle Bowey birbirlerine yaslanmış oturuyorlardı, o hallerini Cuffy hiç unutmayacaktı. İkisi de en ufak bir ses çıkarmıyordu, Cuffy o yüzden hiç ses duymamıştı; ikisinin acısı da gözyaşı dökülemeyecek kadar DERİNDİ, suratları bumburuşuk olmuş, gözleri şişip kapanmış, ağızları yanaklarının arasında çizgi gibi kısılmıştı, başlarını Çinli mandarinler gibi sallayıp duruyorlardı. – Cuffy bir kez daha arkasını dönüp kaçtı.

Bahçeye çıkınca ne yapacağını, nereye gideceğini bilemeden durdu, hanımeli ağacının yeni sürgünlerini ve küçük yapraklarını kopardı. Her şey her zamanki gibi görünüyordu, yine de farklıydı. Cuffy'ye çevresindeki nesneleri, limonluğu, sakızağaçlarını, salıncağı, odun istifini, Bowey'nin boş gaz tenekelerini şimdiye kadar gerçekten görmemiş gibi geldi. Hepsi de yabancı görünüyordu, bahçe de öyle – ama kendisi ne yapıyordu? Şimdi yapraklarını kopardığı ağaç hanımeli değil, kokusu kötü geldiği için hiç dokunmak istemediği mürver ağacıydı. Luce'la birlikte oyun oynamaya doyamadıkları, çok sevdikleri bu bahçe de yabancıydı.

Luce! Neredeydi o? Ona ne olmuştu? Cuffy yeniden koşa koşa eve girdi, her tarafı aradı, (yemek odası dışındaki) bütün odalara girip baktı. Sonunda duyduğu cılız bir sesten onu buldu, kız annesinin yatağının altına girmiş, büzülüp duvara dayanmıştı. Bir başına bırakılmış, unutulmuştu, o da annesinin dışında herkesten uzak olmak için yatağın altına saklanmıştı. Artık ağlamıyordu, ama ağlamaktan yüzü şişmişti, oradan çıkmak istemiyordu, Cuffy onu çıkaramayınca kendisi yatağın altına girdi. "Tamam Luce, bir şey yok, ben buradayım, yanındayım, sana ben bakacağım," dedi. Orada yan yana öylece yattılar. Cuffy çıplak tahta döşemenin (annesi karyolaların altına halı serilmesine izin vermezdi) ne kadar sert olduğunu hissedip, tahta bacağın yerde tak tak diye ses çıkaracağından nasıl ürktüğünü birden anımsayıncaya kadar kıpırdamadı. Ama o kaygıyı anımsamak fazlasıyla ağır geldi. Başını öbür yana çevirdi, yüzünü giysisinin koluyla örterek ufacık bir çocuk gibi hıçkıra hıçkıra ağlamaya başladı. Gözyaşı pınarları kuruyuncaya kadar saatlerce ağladı.

Tilly Teyze sokaktan geçenlerin bile duyacağı kadar yüksek sesle hınkırarak burnunu sildikten sonra, çocuklara "olan bitenin hepsini" anlatabilsin diye Bowey'yi onları arayıp bulmaya gönderdi. (Tilly Teyze'nin gözlerinin akı kan çanağına dönmüştü, kıpkırmızıydı, suratı da soğan gibi parlıyordu.)

"Bakın şimdi zavallı yavrucuklar, herhalde neler olduğunu öğrenmek istersiniz. Canlarım benim, her şey benim boyuna söylediğim gibi oldu. Buradaki o aptal doktor bacağı o hale getiren gerçek nedeni hiç bulamamış, meğer kemiğin ufak bir parçası kırılmış, bütün sorunu o yaratıyormuş. Melbourne'e gittiğimizde iş işten geçmişti, doktorlar bacağı kurtaramadılar; bacağı kesme ameliyatını yaparlarken, gücü çoktan tükenmiş olan anneciğiniz ölüverdi. Buradan gittikten sonra çoğunlukla sayıklar haldeydi, ne söylediğini bilmiyordu; ama başına bir şey gelirse size ne olacağını düşünüp nasıl üzüldüğünü bir ben biliyorum; ben de ona size göz kulak olacağıma söz verdim. Bunu da yapacağım... annenizin hatırı için. Çünkü o benim hayattaki en eski en iyi arkadaşımdı. Neredeyse sizin kadarken, babanızla tanışmadan çok önce birbirimizi tanıyorduk. Anneniz benimle ve kız kardeşimle birlikte oturuyordu – ona o zamanlar Polly derdik, yerinde duramayan küçük Polly."

Cuffy hızla gözlerini başka tarafa çevirdi, çünkü Tilly' nin yüzü buruşmaya başladığı için yeniden ağlayacağını sandı. (Üstelik annesine Polly dendiği zamanla ilgili her şeyi biliyordu. Anneleri onlara defalarca anlatmıştı.)

Ama Tilly Teyze burnunu çekti, yutkundu, mendili hafifçe gözlerine dokundurdu ve konuşmaya devam etti: "Siz söyleyeceklerimin anlamını tam olarak kavrayacak yaşta değilsiniz; yine de söyleyeyim, annenize güzel bir mezar ayarladım – anacaddenin üzerinde, ulaşılması kolay bir yerde, öyle gözden uzak bir köşeye sıkışmış değil. Toprak çöküp yerine oturur oturmaz, üzerine de adı, yaşı ve uygun birkaç sözcük yazılı taşı da dikilecek. Siz uslu durur, söylenenleri yaparsanız, bir gün Melbourne'e gidip görebilirsiniz. Ama benim artık işe koyulmam gerek. Yapılacak o kadar iş, çözümlenecek o kadar sorun var ki, bastığım yeri bile bilmiyorum."

Cuffy ile Lucie el ele tutuşup yeniden bahçeye gittiler, istiflenmiş odunların üzerine oturdular. Orada öylece kaldılar, ne yapacaklarını bilmiyorlardı, yıllar kadar uzun gelen gün de bir türlü bitmiyordu. Çok geçmeden dikiş makinesinin tıkırtısı duyuldu ve sürüp gitti; çünkü Tilly Teyze annelerinin eski siyah elbiselerini bozup (asla OĞLANLARIN giymeyeceği türden kumaşlardan) onlara matem giysileri dikiyordu. Ne var ki, Tilly Teyze ne bu kumaşlardan oğlanlara giysi yapılamayacağını biliyordu ne de onları nasıl dikeceğini, diktikleri de tek kelimeyle korkunçtu: Anneleri onları bu kılıkta ASLA sokağa çıkarmazdı. Luce'un elbisesinin kol oyuğu canını acıtacak kadar dardı, Cuffy'nin golf pantolonunun bir paçası diğerinden uzundu. Ama Cuffy pantolonu Tilly Teyze'ye gösterdiğinde kadın hiç oralı olmadı, bu kadarcık bir şeyin önemi olmadığını söyledi. (Cuffy KESİNLİKLE bunu giyip okula gidemezdi.)

Ama Tilly Teyze'nin annelerinin dolabını açıp kendi malıymış gibi giysilerini aldığını, onları tersyüz ettiğini, kesip biçtiğini görmek daha da kötüydü. Cuffy boşuna itiraz etti: "Babam öldüğünde sadece kollarımıza bant takmıştık. Annem bize siyahlar giydirmemişti."

Tilly Teyze bu sözleri ve söyleniş tonunu duyunca Cuffy'ye tuhaf tuhaf baktı ve Luce'a diktiği iç eteği elinden bıraktı.

"Bana bak oğlum, dediklerime kulak ver. Ben bu saçmalıklara izin vermem. Zavallı baban öldüğü zamanki yaşından şimdi bir yaş daha büyüksün, annenin yasını tutarken ne uygunsa onu yaptıracağım sana. Anneniz bu dünyaya gelmiş en eşsiz kadındı, kimselere benzemezdi – siz de günün birinde bunu anlayacaksınız. Anladığınız zaman da annenizin anısına gereken saygıyı göstermediğiniz için utanacaksınız. Artık tek kelime daha istemiyorum! Siyah giysiler yapılacak, siz de siyah giyeceksiniz!"

Giysinin kumaşı, üstünde karıncalar yürüyormuş gibi

kaşındırıyordu seni. Gece Tilly Teyze uyuduktan sonra, Bowey kumaş boyunlarınızı dalamasın diye yakaların içine bant dikti. (Bowey teninizin ne kadar hassas olduğunu bilirdi.)

Tilly Teyze'nin bir sonraki işi, gözlüğünü takıp elinde kalem kâğıtla bütün evi dolaşarak eşyaları incelemek oldu.

"Bunu neden yapıyor?"

Bowey, "Kuzucuğum, ona sorsan daha iyi edersin," dedi; bunu söyleyiş tarzı ONUN da Tilly Teyze'den hoşlanmadığını gösteriyordu. Bowey'nin gözünde artık ikisi de "kuzucuk"lardı; onları hiç azarlamıyordu, boyuna ağladığı için, Cuffy kendisi de yine ağlarsa diye onun yanına pek gitmiyordu. (Tilly Teyze onun ağladığını hiç bilmiyordu. Bilmesi de gerekmiyordu.)

Cuffy bir kez daha cesaretini topladı. "Bunu neden yapıyorsun?" Sesi kendi kulağına bile pek nazik gelmedi.

Tilly Teyze alınmış bir ifadeyle, "Neden yapıyorum dersin?" dedi; eğilip kanepenin ayaklarına bakarken suratı kızarıyordu. "Kendi keyfim için mi yapıyorum?"

Cuffy dürüstçe ve sadece, "Bilmiyorum," dedi.

Bunun üzerine Tilly Teyze gözlüğünü hızla çıkardı ve yüzü Cuffy'yi ısıracakmış gibi bir ifadeye büründü. Ama sonra fikrini değiştirdi, sinirli bir tonda, "Tanrı aşkına Cuffy!" dedi. "Artık bebek değilsin, böyle saçma sorular sormayacak kadar büyüdün! Yakında yetişkin bir erkek olacaksın, o yüzden bir erkeğin nasıl davranması gerektiğini öğren ve öyle davran. Şimdi beni iyi dinle. Böyle yapmanın bir yararı yok. Zavallı anneciğin gitti, durmadan ağlayıp inlemen onu geri getirmez. Annen yok artık, bitti. Ama geride kalan siz ikinizin ne yapıp edip bakılmaya ihtiyacınız var, bunun için de para gerekiyor. Bu eşyalar kaça giderse gitsin, satılacak. Annenizin artık bunlara ihtiyacı yok. Gittiği yerde bunları aramayacak."

"Ama biz eşyasız yapamayız!" Tilly, hayatında hiç Cuffy'ninkiler gibi şaşkınlıktan yuvalarından uğramış göz görmemişti. Onun kadar ahmak bir çocuk olabilir miydi! Sen anlatmak, açıklamak için istediğin kadar dil döksen de boşunaydı.

"Yoksa artık burada yaşamayacağımızı mı söylemek istiyorsun?"

"TABİİ ki burada yaşamayacaksınız, sersem çocuk! Nasıl yaşayabilirsiniz? Yeni postane müdürünün gelmesi an meselesi, adam buraya kendi eşyalarını koyacaktır."

"Biz nereye gideceğiz?" Cuffy'nin ağzı kolayca konuşamayacak kadar kurumuş, dili damağına yapışmıştı.

"İşte, işin o kısmı henüz hallolmadı. Durumu konuşmak için Jerry Dayınızın gelmesini bekliyorum."

Ama Jerry Dayı o kadar uzakta yaşıyordu ki, gelmesi iki gün aldı. O iki gün hiç geçmeyecekmiş gibi geldi. Cuffy DALGIN DALGIN dolaşıyor, önüne gelen her şeyi tekmeliyor, (annesinin ölümünden sonra duyduğu) bir daha eşi benzeri olmaz sandığı acıdan da fazla acı çekiyordu. Ama Luce'a bundan hiç söz etmedi; onun yeniden ağlamasına sebep olmak istemiyordu. Üstelik Tilly Teyze Luce'dan hiç mi hiç hoşlanmıyor, onun her zaman birinin YANINDA olmak isteyen, yalnız kalamayan korkunç bir çocuk olduğunu düşünüyordu – hatta onun Bowey'nin koynunda yatmasını bile engellemeye kalkıştı. Ama her gece onu yine

Bowey'nin yatağında bulunca çok yaramaz bir kız olduğunu söylüyordu.

O durumda açıklama sırası Cuffy'ye geldi. Ama uygun sözcükleri bulamadığı için açıklamakta da zorluk çekiyordu.

"Luce ASLINDA yaramaz değil Tilly Teyze. O her zaman böyleydi. Elinde değil."

"Elinde değil mi? Hayatımda hiç böyle bir saçmalık duymadım! Sekiz yaşında koca kız! Ben ne olduğunu biliyorum oğlum, ikiniz de anneciğinize çekmemişsiniz. Daha da kötüsü ikiniz de babanıza çekmişsiniz. O da öyle bir adamdı. Annenizin ömrü boyunca nelere katlanmak zorunda kaldığını hiç anlatmayayım daha iyi."

O acılı günlerde Cuffy'nin aklından tuhaf şeyler geçiyordu. Bir kere her şeyin olduğu gibi kalacağını ve Bowey'le birlikte yaşamaya devam edeceklerini umduğunu, buna bu kadar İNANDIĞINI hiç fark etmemişti. Her şeyin farklı olacağını anlamak İSTEMEMİŞ, aptal bir çocuk gibi davranmıştı. "Eşyalara" böylesine bağlı olduğunu şimdiye kadar bilmiyordu. Hâlâ da o eşyaların olmadığı bir yaşamı hayal edemiyordu. O eşyalar hayatında hep var olmuş, kendileri anneleriyle nereye gitseler eşyalar da onlarla birlikte gitmişti: büyük yeşil deri koltuk, deri kanepe, babasının kitaplığı ve içindeki kitaplar, annesinin yatağı, annesinin arkaları sararmış fildişiyle kaplı fırçaları. Cuffy o eşyaları başka birinin kullanacağını, o koltuklarda oturacağını, o yatakta yatacağını düşünmeye dayanamıyordu. Jerry Dayı o eşyaları ne kadar çok sevdiğini... onları yitirmenin seni nasıl PERİŞAN ettiğini görünce, acaba onların sizde kalmasına izin verir miydi?

Ama bu umut hemen darmadağın oldu. Her şeyden önce, Jerry Dayı'nın acelesi vardı. Fanny Yenge hastaydı, o yüzden annesinin cenaze törenine katılmak için Melbourne'e bile gidememişti; Jerry Dayı'nın da ancak birkaç günlük izni kalmıştı, o zamanın çoğu da yolda geçecekti. Bunu daha geldiği anda söylemişti, o yüzden oturup SANA kulak vermesini bekleyemezdin. Dayısı onu ve Luce'u öptükten, anneleri için ne kadar üzüldüğünü, son zamanlarda onu sık göremese de en sevdiği kız kardeşi olduğunu ve hiç unutmayacağını söyledikten sonra, yapılacak işleri konuşmak için Tilly Teyze'yle yemek odasına kapandı.

Ama konuşmaya başlar başlamaz kavgaya tutuştular. Tam da kavga değildi, yine de ÇOK yüksek sesle konuşuyorlar ve alabildiğine tartışıyorlardı. Cuffy bahçeden onların bitmek bilmeyen konuşmalarını duyamıyordu, sonunda daha fazla dayanamadı, iyice kulak kabartıp duymak için (mürver ağacının yanındaki) pencereye yaklaştı. Anneleri, annelerinin işi hakkında konuşuyorlardı; hem de Cuffy'ye ya da Luce'a hiçbir şey sormadan. (Ah, NEDEN bu kadar ufaktı? Neden ona da söz hakkı verilmiyordu?)

Cuffy iyice büzülerek pencere eşiğinin altına girdi, artık söylenen her sözü duyabiliyordu. Tilly Teyze çok fakir bir kadınmış (bu da nereden çıktı, Cuffy onun zengin olduğunu sanmıştı hep), başında da artık işe yaramaz bir kocası varmış, yine de Tilly Teyze üzerine düşeni yapmaya hazırmış – gerçi bazıları onun üzerine düşeni çoktan yaptığını düşünüyormuş, öyle ya hastalık sırasında harcananlar ve doktor paraları, cenaze masrafları, birinci sınıf bir mezar almak için verilen para. Dediği gibi, yine de yaparmış.

Ama doğruya doğru, haklıya haklı hem ONUN durumu başkaymış, bir kere kan bağı yokmuş, kimse bir şey talep edemezmiş, yaptıklarını sadece arkadaşlık adına yapmış. – Ama Jerry Dayı da fakirmiş, sadece bankadan aldığı ücretle geçinmeye çalışıyormuş, o ücret de atla deve değilmiş. Bakması gereken bir karısı, okutması gereken üç çocuğu varmış, karısı Fanny'ye müsrif denemezmiş, ama kendisinin kazandığı her peniye muhtaçlarmış, şimdi sırtına iki tane daha yük binerse, altından kalkamazmış. Dahası Fanny'yi de düşünmek zorundaymış, bu Fanny'nin ağırına gidermiş, her türlü lüksten, Jerry'nin daha yeni yeni sağlamaya başladığı o ufak tefek konforlardan feragat etmesi gerekirmiş.

Bu noktada kulak misafirinin cesareti tükendi, daha fazla dayanamadı ve onu duyup duymadıklarına, botlarının kaldırım taşları üzerinde çıkaracağı sese hiç aldırmadan doğrulup ayağa kalktı ve var gücüyle koşarak oradan uzaklaştı. Bildiği en gizli yer olan kaktüslerin arkasına gelince, kendini yüzükoyun yere attı. Kalbi patlayacak gibi çarpıyordu. Artık hiç kimse, HİÇ KİMSE istemiyordu onları, onu da Luce'u da.

Sonunda yıldırım çarpmış etkisi yapan karar açıklandığında, kendisi de Luce kadar hazırlıksızdı.

("Kararımızı onlara anlatmayı sana bırakıyorum Jerry. Benden bu kadar. Buraya geldiğimden beri YAPILMASI GEREKENİ anlatmaya çalışmaktan usandım.")

Jerry Dayı bahçeye çıktı, Cuffy'ye seslendi, uzun uzun konuştu. Yine annelerinin ölümüne ne kadar üzüldüğünü, uzakta yaşadıkları için son zamanlarda sık sık görmese de onu hep özleyeceğini anlattı. İnsanın kız kardeşi başkaydı. Sonra annelerinin onların bakımını sağlayacak para bırakmadığını, onları bakıp büyütmek için çok para gerektiğini, zor zamanlardan geçtiklerini, yok denecek kadar az para kazandığını, o parayla ancak Fanny Yenge'ye ve kendi çocuklarına bakabildiğini söyledi. Ek masraf, kaldıramayacağı bir yük olurdu – gerçi annelerinin hatırı için ona da katlanırdı. Cuffy'nin anlamakta zorlandığı daha bir yığın yaveyle sürdürdü konuşmayı.

Jerry Dayı'nın uzun uzun konuşmasının ancak sonlarına doğru aslında ne demek istediği ortaya çıktı. Cuffy ve Luce ARTIK beraber olamayacaklardı. Biri Tilly Teyze'nin, diğeri Fanny Yenge'nin yanında yaşayacaktı.

O darbe öyle beklenmedik öyle mahvediciydi ki, Cuffy söyleyecek bir şeyler DÜŞÜNEBİLSE bile söyleyecek durumda değildi. Boğazı düğümlenmişti. Öyle durup Jerry Dayı'ya bakıyor, ama aslında adamı görmüyordu bile.

Bir an sonra her şey kafasının içinde öfkeli arılar gibi vızırdamaya başladı. Daha önce hiç aklına gelmemiş iki şey daha vardı. Birincisi, Bowey'nin yanında kalamayacaklarının yanı sıra, ikisi birden Tilly Teyze'nin yanında da yaşayamayacaktı. Ya da birlikte yaşamalarına izin verilmeyecekti. (Olan onca korkunç şeyin içinde, bu en sonuncusu en beteriydi.) Cuffy alelacele Fanny Yenge hakkında bir şeyler düşünmeye çalıştı. Ama yapamadı... çünkü kadını tanımıyordu, hiç görmemişti! Sadece annesinin o kadından PEK hoşlanmadığını biliyordu, annesi hep Jerry Dayı'nın en çok sevdiği kardeşi olduğu için Fanny'nin onu kıskandığını söylerdi. Fanny'nin ne kadar müsrif ne kadar savurgan olduğunu, kendisinin ve çocuklarının her şeyin en iyisine sahip olmalarını istediğini, zavallı Jerry Dayı'nın köle gibi çalıştığı halde, kötü günler için hiçbir şey biriktiremediğini anlatırdı. Ama bildiklerinin hepsi bu kadardı ve bu kadarı da Cuffy'nin hoşuna gitmiyordu, gerisini ise hayal bile edemiyordu... Ve birdenbire bu yabancıyla karşılaştırılınca, ters ters konuşmasına karşın Tilly Teyze tutunacak bir şey, sıkı sıkı tutunulacak güvenli bir sığınak oluyordu; çünkü annelerini çok iyi tanıyor, babalarıyla ilgili her şeyi biliyordu.

Ama yine de Cuffy, "İkimizi birden al, ikimizi de al!" diye yalvarmayı bir türlü dile getiremedi. Çünkü Tilly Teyze ikisini birden almak istemiyordu ve istenmemek çok yeni, çok korkunç bir duyguydu.

Cuffy, ikimizi birden al diyemese de, kötünün iyisini seçerek, "N'olur Tilly Teyze, n'olur Luce senin yanında kalsın! Ben Fanny Yenge'ye giderim," diyebildi. Bunu söylerken sesinin bas tonunda ve pesten çıkmasına şaşırdı.

Tilly Teyze bunu hiç de kötü karşılamadı. Onu bir dakika dikkatle süzdükten sonra, "Bak şimdi Cuffy, canım benim, mantıklı olmalısın," dedi. "Sana anlatsam da durumu anlayacak yaşta değilsin daha. Ama dayınla ben her şeyi uzun uzun konuştuk, tek çözüm yolunun bu olduğuna karar verdik."

"Ama neden?" (Günün birinde sesi gerçekten de bas tonunda olacaktı.)

"Bir nedeni, Fanny Yenge'nin sadece kız çocukları olduğu için erkek çocuğuyla uğraşmak istememesi."

Cuffy, "Neden istemesin? Ben... benim kötü bir şeyim

yok," diye çaresizce karşılık verdi. "Ben ona zahmet vermem ki – kendi başıma yıkanırım, kendi başıma giyinirim, oysa Luce bunları yapamaz... her zaman yapamaz. Üstelik ben kız çocuklarıyla oynamaya da aldırmam – gerçekten aldırmam; her zaman Luce'la oynadım." Tilly Teyze hâlâ başını olmaz gibilerden sallamaya devam ettiği için Cuffy, Luce'un tuhaf huylarını tanımlayacak sözcükler bulmaya çalıştı. "Anlarsın ya, Luce, Fanny Yenge'yi de o çocukları da TANIMIYOR. Hem de çok utangaç, utandığı zaman da saçmalıyor ve korkuyor. Hem... hem sonra... ben ona göz kulak olacağıma söz verdim."

"Söz verdiğini biliyorum. Ama oğlum, bu dünyada insan her zaman sözünü tutamıyor. Yaşadıkça sen de anlayacaksın. Olaylar senin dışında kendiliğinden gelişiyor ve iş orada bitiyor. Her neyse, durum işte bu. Fanny Yengen kesin kararlı, ben ne söylesem fayda etmez."

Cuffy gözlerini ona dikmiş dururken, Tilly Teyze, "Bana öyle bakman da fayda etmez," dedi. "Ben elimden geleni yaptım, bir yandan parasızlık, bir yandan amcanın sırtımdaki yükü."

"HANGİ amca?" (Cuffy, onun ne demek istediğini anladığı için alabildiğine kaba bir tavırla sordu bunu.)

"Tabii ki Purdy Amcanı kastediyorum. Orada öyle kütük gibi yatıyor ve bir daha hiç iş yapmayacak."

"O benim amcam değil!" Ama bunu söylerken Cuffy'nin sesi çatladı ve sözün gerisini getiremedi.

Luce, ah Luce... annesinden (abisinden ya da Bowey'den) hiç ayrı kalmamış olan zavallı, ağlamaklı, şişko, küçük kız kardeşi. Onun başına gelebilecekleri düşünmenin verdiği acı dayanılır gibi değildi; Cuffy gidip bir yerlere (bir kuşa, piyanoya) sert, GADDAR bir şeyler yapmalıydı. Hiç kimseyi Luce'u sevdiği kadar sevmediğini şimdi anlıyordu. Annesinin ölmüş olması bile pek umurunda değildi.

* * *

Jerry Dayı ertesi sabah evine dönmek üzere yola çıkacaktı; Luce'a durumu söylemek ve onu buna hazırlamak için sadece bugün vardı. Ama söyledikleri zaman hiç beklemedikleri tuhaf bir şey oldu: Luce ağlamadı, tek damla gözyaşı dökmedi. Sadece her zamankinden daha da aptalca bir ifadeyle, ağzı yarı açık, öylece durup onlara baktı. Ve öylece durdu – bütün gün. Bowey uğradığı şokun onu derinden sarstığını ve olup bitenleri anlamadığını söyledi. "Ağla bebeğim, ağla açılırsın," deyip duruyordu boyuna. Kendisi de bir yandan Luce'un eşyalarını babasının eski deri valizlerinden birine yerleştirirken bir yandan da ağlıyordu. Sonunda Cuffy daha fazla dayanamadı, gidip saklandı ve haykıra haykıra ağladı. Sonra Luce'u limonluğa götürüp, "Aldırma Luce, sadece bekle. Yeteri kadar para biriktirince gelip seni alacağım, bir daha bizi bulamayacakları uzak bir yere kaçacağız," dediği zaman da kızın tek söylediği, "Sahiden kaçıracak mısın?" demek oldu; Cuffy yemin ettiği halde, kız umursamaz görünüyordu.

Posta arabasının ağır ilerlemesi yüzünden, Jerry Dayı trenden eve daha çabuk gelmek için iki kişilik bir at arabası kiralamıştı, şimdi onu geri götürmesi gerekiyordu; ertesi sabah arabayı hazırladı, kilidi tutmadığı için Luce'un bavuluna ip dolayıp arabanın arkasına bağladı. Luce tıpkı bir gün önce olduğu gibiydi, Bowey onu giydirirken tek kelime söylemedi – Bowey onu giydirmenin oyuncak bebek giydirmeye benzediğini söyledi, çünkü kız giyinmeye hiç yardımcı olmuyor, eldivenlerini bile Bowey giydirsin diye küçük bebekler gibi ellerini uzatıyordu. Sonra onu öpüp vedalaştılar, Luce kucağa alınıp arabaya yerleştirildi. Ama Jerry Dayı bir şey unuttuğunu hatırlayıp arabadan indi; Luce da yeterince pişmemiş hamura benzer bir suratla arabada, atla yalnız başına kaldı. Atlardan DEHŞETLİ korkardı, Luce'a bakıp ne kadar korktuğunu düşünmek Cuffy'nin içini cız ettirdi. Yine de kıza bakmaya devam etti; oysa Luce ne bir kez olsun ona baktı, ne hoşça kal dedi... ne de bir şey yaptı. Sadece gitti.

Sonra sıra Cuffy'ye geldi.

Saat on birdi, eskiden o saatte dersten eve dönerdi. Luce da sırtında kirli askılı elbisesiyle bahçe kapısında onun yolunu gözlerdi; Cuffy sırt çantasını bir yerlerde düşürdüğü için Bowey'den azar işitirdi; annesi ofiste oturur, dersin "nasıl gittiğini" sorardı. Oysa şimdi herkes gitmişti (Bowey de), bir tek Cuffy kalmıştı. Odalar da boştu, haraç mezattan sonra insanlar arabalarla gelip mobilyaları götürmüşlerdi. Geriye sadece boş ev kalmıştı. – Birdenbire evi bu halde bırakamayacağını düşündü. Arabayı kaçırırız kaygısıyla Tilly Teyze ve valizler yolda bekliyordu (oysa arabacıya onları almasını TEMBİH etmişlerdi), Cuffy bir koşu bahçeye girdi, ceplerini yokladı. En değerli malı neydi? Tabii ki çakısı, geçen doğum gününde annesinin hediye ettiği üç bıçaklı yeni çakı. Ona çok değer verdiği için bir an duraksadı, sonra bir çukur açıp çakıyı içine koydu, olabildiğince uzağa itti, sonra çukuru yeniden toprakla doldurdu... tıpkı bir mezar gibi. Çakı tomurcuk verecek değildi, ama orada anımsanacak bir şey olarak, insanların onları hatırlayacağı bir şey olarak kalacaktı.

Araba! Tilly Teyze neredesin diye çılgın gibi bağırıyordu. Cuffy ellerini pantolonunun arkasına silip temizleyerek koştu. – Valizler ve kutular yerleştirilir, tekrar tekrar sayılıp kontrol edilir ve kendileri de arabaya binerlerken epey telaş oldu. (Tilly Teyze, Cuffy'nin tanıdığı en telaşlı insandı, araba sürücüsüne adamı bıktırıncaya kadar trene yetişip yetişemeyeceklerini sorup durdu.)

Arabada onlardan başka yolcu yoktu, kasabanın dışına çıkar çıkmaz Tilly Teyze bonesinin kurdelesini çözdü, ayaklarını minderlere uzatıp uyudu. Araba ne zaman yalpalasa ya da bir tümseğin üzerinden geçse, Tilly Teyze (uykusunda) homurdanıyordu. Cuffy, usulca pencereyi açtı, Tilly görse içeriye toz girer diye kapattırırdı, Cuffy kadına arkasını dönerek dışarıyı seyrediyormuş gibi pencerenin önünde durdu. Tilly Teyze'nin yüzünün halini görmesini istemiyordu. Çünkü tanıdık bildik yerler birer birer geride kalırken birdenbire tuhaf bir şey oldu; annesinin öldüğünü ve bir daha gelmeyeceğini öğrendiğinden beri hissettiği o korkunç, o kızgın ÖFKE (ölüm haberi onu, annesi dahil herkese ve her şeye öfkelendirmişti) birden bitti, artık öfke duymuyordu, bunu fark eder etmez gözyaşları yanaklarından aşağı çılgınca süzülmeye başladı. Onları durdurmak elinden gelmiyordu. Canını yakacak kadar sıcak gözyaşları akmaya devam etti. Yine de Cuffy hiç ses çıkarmadı. Ağladığını Tilly Teyze'ye göstermektense ölürdü daha iyi.

Ama bütün gözyaşları gibi bir süre sonra onun gözyaşları da dindi, sonra yavaş yavaş daha hoş başka düşünceler ortaya çıkmaya başladı. Örneğin araba. Her zaman araba yolculuğuna bayılırdı, hele arabada çok boş yer oldu mu tadına doyulmazdı. Arabadan sonra trenle gideceklerdi (tren yolculuğunu sevmeyen yoktu!), sonra tekrar arabaya bineceklerdi: Bu Cuffy'nin o güne kadar yaptığı en uzun yolculuk olacaktı! Hepsi bu kadar da değildi. Tilly Teyze (aman Tanrım, kadının uyurkenki hali görülecek manzaraydı!) bir keresinde bir midilliden söz etmişti... ona binip gidersin okula demişti. Ah, belki, belki... Cuffy, Tilly Teyze'yi SEVEMESE DE, onun aptal, bayağı bir yaşlı kadın olduğunu düşünse de... ah ne olur, NE OLUR Tanrım bir midilli olsun! Ne olur Luce'u yakında görebileyim, o da Tilly Teyze' nin evine gelsin, orada kalsın, ben de ona at binmeyi öğreteyim. (Dua ederken bir yandan da kendini ufak, doru bir atı yularından tutarak yürütürken, atın üzerinde oturan Luce'a, neler yapması gerektiğini anlatırken hayal etti. Artık attan hiç korkmuyordu, çünkü Cuffy yanındaydı ve kız Cuffy'nin onu koruyacağını biliyordu-) Vay! Mimozaydı bunlar, evet, çiçeğe durmuş bir yığın mimoza ağacı... Cuffy onları daha görmeden kokularını almıştı! O güzelim kokuyu daha iyi duyabilmek için gözlerini yumdu, kokuyu içine çekti, çekti çiçek tozları onu boğuncaya ve başını döndürünceye kadar içine çekti.

O andan itibaren morali sürekli yükselmeye başladı;

yeni bir umut peri masalı misali bir diğerini izleyip miller boyunca peş peşe dizilerek bugüne kadar olduğu kişi ile bundan böyle olacağı kişi arasında uzanan boşluğa sıralandı.